Christoph Güsken

Pommes rot-weiß

Kriminalroman

grafit

Der Autor

Christoph Güsken, geboren 1958 in Mönchengladbach, studierte Theologie und arbeitete als Museumswärter, Aktenabhänger und Buchhändler. Seit 1995 lebt er als freier Autor in Münster.

Er veröffentlichte zahlreiche Kurzgeschichten und Hörspiele. 1996 erschien sein erster Kriminalroman mit den Detektiven ›Kittel & Voß‹: *Bis dann, Schnüffler,* es folgten *Schaumschlägers Ende* (1997), *Mörder haben keine Flügel* (1998) und *Spiel's nicht noch mal, Henk* (1998).

Außerdem bewies Güsken mit Hilfe seines Helden Benno Schumm in *Angsthase, Pfeffernase* (1999): Den perfekten Mord – es gibt ihn doch!

Chemnitzer Str. 31, D-44139 Dortmund
Internet: http://www.grafit.de
E-Mail: Grafit-Verlag@t-online.de

Umschlagzeichnung: Peter Bucker
Druck und Bindearbeiten: Fuldaer Verlagsanstalt
ISBN 3-89425-228-6
1. 2. 3. 4. 5./01 00 99

1

Es war ein unansehnlicher Freitagnachmittag, der einem die Vorfreude auf das Wochenende gründlich verdarb. Zwar war der Regen, den es laut Vorhersage reichlich geben sollte, ausgeblieben, aber nichts war an seine Stelle getreten. Es sah so aus, als sei das ganze Wetter ausgeblieben. Über dem tristen, endlosen Ackerland war kein Himmel, nur weißes, konturloses Nichts. Ohne Sonne, ohne Regen, ohne Wind. Es lohnte sich eigentlich nicht, aus dem Fenster zu schauen.

Wenn nicht die schwarze Gestalt da draußen gewesen wäre, die sich wie ein Scherenschnitt vor dem weißen Nichts abhob. Ein großer Mann, locker über zwei Meter, in einem schwarzen Anzug, als sei er zu einer Beerdigung verabredet. Er stützte sich auf einen schwarzen Regenschirm und trug einen schwarzen Hut, der für eine Beerdigung eine Spur zu modisch war. Durch den Hut bekam sein Aussehen etwas Mafiosohaftes.

Der Mann stand praktisch reglos am Rand des weitläufigen Grundstücks. Man musste schon eine Weile hinstarren, um mitzubekommen, wie er sein Gewicht von einem Bein auf das andere verlagerte.

»Ich möchte, dass er da verschwindet«, verlangte Ina Martens. Sie trat neben mich ans Fenster und machte ein angewidertes Gesicht. »Sorgen Sie dafür.«

Sie hatte eine Figur wie ein Tennisprofi und roch nach Duschgel. Zu frisch für diesen wetterlosen Tag.

Guido Martens, ihr Mann, kam dazu und legte den Arm um ihre Hüfte.

»Genau das bezweckt er doch«, belehrte er sie sanft, »dass du dich unwohl fühlst. Versuche, ihn zu ignorieren. Das Schlimmste für ihn ist Missachtung. Wenn es nach mir geht, kann er bis zum Jüngsten Tag da unten stehen.«

Darüber wunderte ich mich. »Wozu brauchen Sie dann einen Detektiv?«

Ich schätzte Martens auf Mitte fünfzig. Vielleicht hatte er, als er Mitte zwanzig gewesen war, das Haar lang getragen und gegen den Schah-Besuch demonstriert. Seitdem hatte er sich gut gehalten, auch beruflich, und er konnte es sich heute erlauben, nachsichtig zu sein. Er trug immer noch die Haarmähne als Zeichen, dass er sich treu geblieben war. Bei Frauen schien sie jedenfalls anzukommen, sonst hätte er sich nicht jemanden wie Ina leisten können, die mindestens zwanzig Jahre jünger war als er und den Schah für eine inzwischen ausgestorbene Vogelart halten musste.

Der Blick, mit dem er sich mir zuwandte, ließ mich eine ebenso sanfte Antwort erwarten. Ich hoffte nur, dass er nicht den anderen Arm um meine Hüfte legte.

»Nun, ganz einfach. Ich ...«

Die Zimmertür öffnete sich. Ein junger Mann trat ein, dessen Aussehen an den späten Elvis im Alter von zwanzig erinnerte, allerdings ohne Koteletten. Das weiße Jackett betonte seine rundliche Figur und ließ ihn fülliger aussehen, als er tatsächlich war. Wenigstens trug er keine Hosen mit Fransen. »Kim ist am Telefon«, sagte er mit einer hohen Stimme und musterte mich mit einem leicht strafenden Blick, als sei ich unerwünschter Zeuge einer intimen Angelegenheit der Familie. »Sie will wissen, ob du noch zum Tennis kommst.«

Ina verließ wortlos den Raum.

»Tilo, mein Sohn«, informierte mich Martens, ohne Elvis eines Blickes zu würdigen.

Tilo schloss die Tür. Die Klinke hielt er weiterhin fest, als gäbe er sie ungern aus der Hand.

»Was denn noch?«, wollte sein Vater wissen.

Der Junge nahm die Hand von der Klinke und verschränkte die Arme zum Zeichen seiner Entschlossenheit. »Die Sache geht mich genauso an wie dich. Also, was willst du? Ich ...«

Martens streckte einen Arm gebieterisch aus und Tilo verstummte. Wären beide Arme ausgestreckt gewesen, dann hätte es eine einladende Geste sein können. So sah Martens aus wie Moses, der das rote Meer teilte.

»Bitte, mach die Sache nicht komplizierter, als sie ist, ja? Wir reden später darüber.«

Sein Sohn hielt stand und für einen Moment hätte ich geschworen, dass er sich einen Dreck um die Anweisung des Vaters scherte. Dann, plötzlich, sackten die verschränkten Arme nach unten, hingen schlaff herab wie leere Schläuche und hüpften ein letztes Mal auf und nieder, als Tilo die Schultern zuckte zum Zeichen der Kapitulation. Er verließ das Zimmer und knallte nicht einmal wütend die Tür hinter sich zu.

Vergeblich versuchte ich mich in jemanden hineinzuversetzen, der die Aussicht genießen konnte. Das Fenster ging über die ganze Breite des Raumes und bot einen Panoramablick. Auf einer griechischen Insel hätte das Sinn gemacht, aber hier, wo nur Ackerland war, so weit das Auge reichte, war es eine schlichte Zumutung. Man entkam dem Anblick nicht, er konnte einen an jedem Punkt in diesem Raum belästigen und gab einem das Gefühl, der ganze Planet werde landwirtschaftlich genutzt. Eine Art rheinischer Wilder Westen. Statt riesiger Büffelherden grasten hier und da kleine Trupps schwarz weißer Kühe und vereinzelte Traktoren erinnerten an Fliegen, die auf einem riesigen Kuhfladen krabbelten. Statt Forts gab es Autohäuser und Teppichzentren in Autobahnnähe. Und statt Goldgräber-Siedlungen ehemalige Dörfer, zu Kleinstädten aufgedunsen, mit Fußgängerzone und Mega-Disco hinter dem Ort.

»Wenn Sie wollen, dass er einfach verschwindet«, fragte ich, »wieso wenden Sie sich dann nicht an die Polizei?«

Martens schenkte mir ein mitleidiges Lächeln. »Ich muss mich ein wenig über Sie wundern, Kittel. Wissen Sie nicht, dass dieser Mann nichts Verbotenes tut? Er kann sich kleiden, wie er will. Er kann stehen, wo er will, so lange er niemandem im Weg steht.«

»Und wieso steht er da?«

»Tja, da sind wir bei der Frage, wieso ich Sie eingeschaltet habe.«

Er goss sich Tee nach, nahm einen Schluck und behielt ihn für ein paar Sekunden im Mund, bevor ihn die Speiseröhre geräuschvoll abwärts pumpte.

»Ich brauche einen Detektiv, keinen Schnüffler. Einen, der diskret und zuverlässig arbeitet. Henning Schmickler hat Sie empfohlen. Er sagte, dass Sie nicht billig sind. Achthundert am Tag. Ich mag gute Arbeit und weiß sie zu schätzen. Wenn Sie gut sind, zahle ich gerne tausend.«

Am Telefon hatte er einen Henning erwähnt, der mich angeblich empfohlen hatte. Ich kannte keinen Henning. Ganz offensichtlich handelte es sich hier um eine Verwechslung, aber angesichts der tausend hatte ich es nicht gerade eilig, die Sache richtig zu stellen.

»Es gibt Inkasso-Unternehmen, die ihr Geld mit solchen schwarzen Figuren eintreiben«, sagte ich. »So genannte seriöse Firmen, die nicht mit zwei Gorillas auftauchen und einem die Bude kurz und klein schlagen. Sie haben Sinn für Stil und stellen ihren Schuldner an den Pranger, versuchen ihn vor der Nachbarschaft bloßzustellen. Eine Methode, die sich als ausgesprochen wirksam ...«

»Schuldner?« Der Junggebliebene musterte mich abschätzig.

»Ich habe nicht gesagt, dass Sie gemeint sind. Vielleicht geht es auch gar nicht um Geld. Wenn es in Ihrer Familie irgendwo einen – dunklen Punkt gibt. Eine Schwachstelle ...«

Martens winkte ab. »Mein Sohn«, erklärte er. »Sie haben ihn gerade kennen gelernt.«

»Er ist der dunkle Punkt?«

»Tilo«, erklärte er, während er den Kopf schüttelte, »schlägt nicht nach seinem Vater. Eher nach seiner Mutter.«

Er machte eine Pause, während der ich mich fragte, ob er das Schlagen im wörtlichen Sinn meinte. Aber dann hätte er keinen Detektiv gebraucht, sondern einen Ringrichter.

»Ich meine damit meine erste Frau. Mit Ina bin ich erst seit fünf Jahren verheiratet.«

Ina Martens konnte ohne weiteres als Tilos Schwester durchgehen, vielleicht sogar als jüngere. Sie strahlte eine geballte Jugendlichkeit aus, die nicht natürlich wirkte, sondern wie das Ergebnis harter Arbeit. Ein so perfektes Aussehen schaffte man nicht von heute auf morgen. Es brauchte Zeit. Und wenn sie die zur Verfügung hatte, war sie vielleicht doch älter, als sie aussah.

»Schon früher hat er sich gerne hinter dem Rockzipfel seiner Mutter versteckt. Bildlich gesprochen. Unbildlich gesprochen heißt das, dass er in der Illusion lebt, er könne es zu etwas bringen, indem er es allen recht macht. Nirgendwo aneckt. Sich anpasst.«

»Und damit eckt er bei Ihnen an?«

Sein Blick tauchte aus der Teetasse hoch und wandte sich an mir vorbei in eine unbestimmte Ferne. »Natürlich hat man als Vater immer gewisse Vorstellungen von seinen Kindern. Wünsche, wie sie werden sollen. Und was aus ihnen werden soll. Egoistische Wünsche. Niemand will das wirklich, aber niemand kann sich wirklich davon freimachen. Man will, dass sie aus dem gleichen Holz sind, verstehen Sie?« Martens' Blick war der des enttäuschten Vaters. »Aber man darf das nicht erwarten. Ich habe immer dafür gestanden, dass es das Wichtigste im Leben ist, seinen Weg zu gehen, ganz egal, ob man damit aneckt. Dass man sich in dem Moment aufgibt, wo man sich anpasst.«

Martens starrte wieder in seine Teetasse. Ich stand neben ihm, aber nicht nahe genug, um auch einen Blick hineinwerfen und mich vergewissern zu können, ob er seine kleine Rede vielleicht ablas.

»Kim, seine Schwester, ist völlig anders. Die lässt so

schnell keinen Narren aus sich machen. Die weiß, was sie will, und gibt nicht aus Ängstlichkeit gleich die Hälfte wieder ab.«

»So wie ihr Bruder.«

»Um sich interessant zu machen, flüchtet er sich in eine Traumwelt. Denkt sich Sensationen aus, schreckliche Ereignisse. Das tut er heute noch und hier fängt unser Problem an.«

»Das hört sich aber an, als sei er ein Fall für einen Psychologen.«

Martens verzog das Gesicht. »Psychologen. Die nageln seinen linken Fuß fest und lassen ihn so lange um sich selbst kreisen, bis er das Gefühl hat, viel herumgekommen zu sein.« Er grinste. »Weil ich keinen Psychodoktor will, habe ich mich an Sie gewandt. Sie sollen Licht in seinen Schlamassel bringen.«

»Und worin besteht der Schlamassel?«

Martens winkte mit dem Daumen zu der einzigen Sehenswürdigkeit, die das Panoramafenster zu bieten hatte: dem Mann in Schwarz. »Das sollen Sie herausbekommen. Der da unten hat wahrscheinlich damit zu tun. Tilo ist mir gegenüber verschlossen, er sagt nicht, was er so treibt in seiner Freizeit. Und wenn doch, dann kommt er mit diesen Mordgeschichten.«

»Mordgeschichten?«

Er trat an den Schreibtisch und zog eine Schublade auf. Dann hielt er einen Revolver in der Hand. »Wenn Tilo im Berufsverkehr stecken bleibt, redet er von einer Massenkarambolage. Ein Regenschauer ist für ihn eine Naturkatastrophe. Er dramatisiert alles.«

»Dann hält er das also für eine Maschinenpistole?«

Martens schüttelte den Kopf. Wie zufällig hielt er die Waffe auf mich gerichtet. »Er behauptete, Zeuge eines Mordes gewesen zu sein. Beziehungsweise mehrerer Morde. Dann stellte sich heraus, dass die angeblichen Opfer quicklebendig waren. Es hat nie einen Mord gegeben. Alles Einbildung. Wichtigtuerei.«

»Und das?«, fragte ich und deutete auf den Lauf, der auf mich gerichtet war. »Kommt mir nicht wie Einbildung vor.«

»Tilo behauptet, man will ihm etwas anhängen.« Guido Martens senkte die Waffe und überreichte sie mir. Ein hässlicher, kleiner Revolver.

Ich deutete auf den zerschrammten Griff. »Nicht gerade neu, das Ding.«

»Tilo behauptet, es in seiner Wohnung gefunden zu haben. Am Tatort, sozusagen.«

»Seine Wohnung ist ...?«

»Alle Morde passieren in seiner Wohnung. Dort liegen alle Toten, die dann auf wundersame Weise mit dem Leben davonkommen«

»Und was glauben Sie, woher die Waffe stammt?«

Martens schwenkte seine Tasse in meine Richtung. »Durchaus möglich, dass er sie sich besorgt hat, nur um seine Umwelt dazu zu zwingen, ihm die Horrorgeschichten abzukaufen. Ein Psychiater würde das wahrscheinlich so sehen. Aber ich möchte sichergehen, dass nicht doch etwas anderes dahinter steckt.«

»Sie meinen, ob Ihr Sohn vielleicht doch nicht spinnt? – Entschuldigung, ich meine: sich das nur einbildet.«

»Vielleicht bildet er sich alles nur ein. Aber das heißt nicht, dass nicht trotzdem jemand ein übles kleines Spiel mit ihm spielen kann. Zum Beispiel der da draußen.«

Wieder hatte der Mann das Gewicht auf das andere Bein verlagert. Ansonsten stand er unbeweglich da wie eine Statue. Ich mochte wetten, dass man sich von hinten an ihn heranschleichen und ihm lässig die Hand auf die Schulter legen konnte.

»Und wenn Sie ihn einfach fragen, was er will?«

Martens machte ein amüsiertes Gesicht. Er griff nach seiner Tasse und schlürfte Tee, ohne den Schwarzen aus den Augen zu lassen. »Sie meinen, ihn schnappen, so reglos, wie er ist?«

»Genau. Es kann eigentlich nicht schwieriger sein, als eine Vogelscheuche zu jagen.«

»Probieren Sie's. Es sieht einfacher aus, als man denkt.«

Er konnte das beurteilen. Wenn ich morgens missmutig und verschlafen an meinem Toast knabberte, hatte er vermutlich schon einen Waldlauf und zweihundert Liegestützen hinter sich. Wenn er den Kerl nicht gekriegt hatte, brauchte ich das erst gar nicht zu versuchen.

»Henning sagte, dass Sie der Richtige für so eine Sache sind.«

In meinem Job konnte man es nicht hoch genug einschätzen, von einem zufriedenen Klienten weiterempfohlen zu werden. Auch wenn einem dieser Klient völlig unbekannt und wohl der Letzte war, der beurteilen konnte, ob ich für eine Sache der Richtige war.

»Grüßen Sie ihn von mir«, sagte ich.

»Wir haben es schon x-mal versucht«, erklärte Martens, der meinen Blick aus dem Fenster richtig deutete. »Er verdrückt sich in Windeseile und verschwindet, als sei er tatsächlich ein böser Geist.«

Ich versuchte es trotzdem, so viel war ich jemandem schuldig, der ein fürstliches Honorar zahlen würde. Aber schon als ich den ersten vorsichtigen Schritt in den Garten machte, war der Typ verschwunden. Hinter dem Panoramafenster stand Martens und deutete mit ausholender Geste nach links. Ich rannte los.

Mein Sprint war nicht umsonst. Kaum eine Minute brauchte ich bis zum Ortseingang und schon entdeckte ich den vermeintlichen bösen Geist, wie er vor einer aschgrau getünchten Fassade eines Einfamilienhauses Tarnung suchte. Leider war an Anschleichen nicht mehr zu denken. Der Mann hatte mich schon bemerkt, schob sich an der Mauer entlang und verschwand um die Ecke Richtung Haustür. Durch die Gardinen warf ich einen Blick ins Halbdunkel des Wohnzimmers. Düstere, dunkelbraune Möbel, auf der Fensterbank ein Kanarienvogel in seinem Bauer und auf der kitschigen Tapete das Porträt eines Greises mit einem seltsam starren Blick. Nicht gerade die Art, wie ich mir einen Unterschlupf eines Inkasso-Terroristen vorstellte. In dem Moment, in dem ich meinen Blick abwandte, weil ich plötzlich erkannte, dass das starrende Gesicht gar kein Porträt war, sondern ein Bewohner des Hauses, sah ich den Schwarzen, wie er hinter der Garage hervorsprang und die Straße hinunterjagte.

Ich verfolgte ihn bis in die Fußgängerzone, aber lange hielt ich nicht mehr durch. Wieder einmal zeigte sich, dass Nichtrauchen allein zu wenig ist, um fit zu bleiben. Als ich über ein Kinderfahrrad stolperte und in einer Pfütze aus Pommes und Majo ausrutschte, gab ich auf. Von Seitenstichen geplagt, schleppte ich mich zurück.

Martens erwartete mich vor dem Haus. Er stand genau da, wo bis eben noch die Gestalt verharrt hatte, und zog besserwisserisch die Stirn in Falten. »Wie ich Ihnen gesagt hatte, nicht wahr? Er verdrückt sich einfach.«

2

Mein Besuch bei Martens hatte nicht länger als eine Dreiviertelstunde gedauert. Der Rest des Nachmittags ging für die Rückfahrt drauf. Unterwegs vertrieb ich mir die Zeit, indem ich versuchte, die Durchschnittsgeschwindigkeit zu errechnen, wenn man alle fünf Minuten eine Strecke von circa acht Metern zurücklegte. Wenn ich mich nicht verrechnet hatte, würde ich für die läppischen zwanzig Kilometer länger brauchen als die Raumsonde Voyager zum Saturn. Ich sah die Tonnen und Abertonnen von Blech auf Rädern und fragte mich, wo die in der Stadt alle parken wollten.

Als ich vor unserem Büro ankam, erfuhr ich die Antwort: genau hier. Es war eine kritische Zeit. Die Kneipen hatten schon geöffnet und draußen auf dem Land ließen

Tausende von Bergheimern den Motor aufheulen, um sich dem großen Marsch auf die Stadt anzuschließen. Um diese Zeit war es nicht ungefährlich, einen Fuß auf die Straße zu setzen, denn wenn man ihn nur eine Sekunde länger als nötig stehen ließ, musste man erst ein Auto abschleppen lassen, um ihn wieder freizubekommen. Ich überlegte, einfach nach Hause weiterzufahren. Aber erstens war die Parkplatzsituation da noch schlimmer und zweitens musste ich dringend noch ein wenig aufräumen, weil Henk, mein Partner, Anfang der nächsten Woche aus dem Urlaub zurückkehren würde. Da ich das Datum vergessen hatte, hatte ich irrtümlich schon vor acht Tagen für Ordnung gesorgt, und von der konnte inzwischen keine Rede mehr sein. Drittens wurde gerade jetzt ein Parkplatz frei.

Es irritierte mich ein bisschen, dass die Tür zum Büro offen stand. Drinnen schlug das ganze Ausmaß der Unordnung über mir zusammen. Es sah aus, als hätten die Möbel untereinander einen Bürgerkrieg ausgetragen. Wie sollte ich das nur an einem Wochenende schaffen? Praktisch nichts in dieser Wohnung stand noch an seinem alten Platz. Und Henks Büro hatte es am schlimmsten erwischt. Sein schwerer Schreibtisch war vornübergekippt und die Schubladen, in denen er seine Comics aufbewahrte, herausgerissen, der Inhalt war wie ein Niederschlag über den gesamten Boden verstreut.

Dieses Chaos war eigentlich merkwürdig, wenn man bedachte, dass sich die ganze Zeit über niemand in Henks Bereich aufgehalten hatte.

Ich wollte Luft holen, um zu fluchen, aber dazu kam ich nicht mehr.

Ein stählerner Arm packte mich von hinten und drückte mir die Luft ab. Von außen war er mit menschlicher Haut überzogen, auf die eine Gottesmutter mit Heiligenschein tätowiert war. Ein Pfarrer als Killer ...

Ich röchelte. Vor mich trat ein zweiter Mann, er war einen Kopf größer als ich und trug Klamotten, wie ich sie mir nie würde leisten können. Ein wild gemustertes Seidenhemd, jede Menge Parfum und ein Goldkettchen um den Hals. Dazu eine schwarze Sonnenbrille. Robert de Niro in seiner Rolle als Mann der ›ehrenwerten Gesellschaft‹.

»Voß!«, sagte er fast höflich. »Wo ist er?«

Er hatte tatsächlich einen italienischen Akzent und sagte ›Voß‹ mit angehängtem ›E‹. Offenbar lag ihm viel daran, als Sizilianer durchzugehen.

Nach Luft ringend, schüttelte ich den Kopf. »Was ...«

»Besser, wenn du's ihm sagst«, riet mir der andere in meinem Nacken. Dann stieß er mich quer durch den Raum gegen den umgekippten Schreibtisch. »Also los!«

»Kittel«, beschwerte ich mich. »Ich bin Kittel, nicht ...«

»Aber das hier ist Voß!«, stellte der Parfumierte klar und zeigte auf den Papierkorb. Er wollte mir wohl zu verstehen geben, dass wir uns hier in Voß' Büro befanden.

»Kittel & Voß. Er ist mein Partner.«

Der mit dem Stahlarm kam langsam auf mich zu. Er sah mich an, als sei ich eine Fliege, die er schon dreimal von seinem Kuchen verjagt hatte und die die Dreistigkeit besaß, zum vierten Mal zu landen.

»Dann weißt du, wo Voß ist.«

»Nein! Keine Ahnung, ehrlich. Klar, dass ihr jetzt denken müsst, ich wollte es euch verheimlichen. Aber das stimmt nicht. Er ist verreist, hat aber nicht gesagt, wohin.«

Der Duftende grinste breit und ausgiebig. Dann stieß er ein paar einzelne Lacher aus, was sich anhörte wie ein startender Wagen, dessen Batterie so gut wie verbraucht ist.

»Klar. Verreist. Willst uns verscheißern, was?«

»Nein, will ich nicht. Es ist nur, wir arbeiten nicht an demselben Fall.«

Das Regal links neben dem Fenster hatten sie vergessen umzuwerfen. Auf dem oberen Brett stand eine harmlose Keksdose, von der nur Henk und ich wussten, dass sie das Geheimversteck unserer Zweitkanone war. Für Fälle wie diesen.

»Milano will ihn sprechen«, verriet mir zischend das Bunthemd.

»Also ich«, erklärte ich, vorsichtig in Richtung Keksdose manövrierend, »weiß nicht mal, ob er in Italien ist. Und wenn, dann glaub ich eher, dass er sich irgendwo in Neapel herumtreibt. Ich meine natürlich, Napoli.«

»Der scheint ein richtiger Clown zu sein«, spottete der Mann mit dem Stahlarm böse. Er zündete sich eine Zigarette an und der Qualm vermischte sich mit dem süßlichen Eau de Toilette, mit dem sein Kumpel versuchte, wie ein Italiener zu duften. »Aber vergiss nicht, dass ein Witz nur dann komisch ist, wenn wir darüber lachen.«

Er kam wieder näher. Im Vorbeigehen knickte er Henks Schreibtischlampe wie einen Grashalm.

»Gut! Ich werd's mir merken«, versicherte ich eilig.

Ich wich zurück, bis ich das Regal in meinem Rücken spürte. »Also schön! Warum sollte ich mich mit euch anlegen? Ich werde Henk ausrichten, dass ...«

»Bah!«, fuhr mir der Schönling über den Mund. »Wenn Milano einen sprechen will, dann richtet man nichts aus. Man geht zum Friedhof und sucht sich schon mal einen Platz aus, *capisce*?«

Offenbar dachte er, ich zitterte vor ihm, weil er mit italienischen Ausdrücken um sich warf und mir den Mafioso vorspielte. Dabei war das gar nicht der Fall. Ich zitterte vor ihm, weil sein Kollege brutal war und gefühllos wie ein Android. Außerdem zertrümmerte er Henks schöne Büroeinrichtung.

»Okay«, sagte ich. »Bevor wir uns auf Spanisch beschimpfen, sollten wir vernünftig reden. Ich schlage euch ein Geschäft vor.«

»Ich hör wohl nicht recht«, lachte die Kampfmaschine.

»Was für ein Geschäft?«, wollte sein Kumpel wissen. Entsprechend der üblichen Rollenaufteilung war er in dem Gespann wohl derjenige, dem das Denken überlassen blieb.

»Ihr sagt mir, was ihr von Henk Voß wollt.«

Er lachte auf. »Nicht viel. Bloß seinen Kopf.«

Der Rambo stupste mit seinem Kampfarm gegen meine Brust. »Jetzt du.«

Meine Hand hatte endlich die Keksdose gefunden. Sie schlüpfte hinein, wühlte in den Krümeln und förderte einen Gegenstand zu Tage. Ein kaltes, glattes Ding, das mir ein gutes Gefühl gab. Jetzt war ich am Zug. »Mein Vorschlag lautet, dass wir das lächerliche Kasperltheater jetzt beenden.«

Meine Hand tauchte aus der Dose und zielte mit der Waffe auf den Schönling. »Ihr habt euer Bestes gegeben, aber jetzt ist Schluss.« Ich grinste. »*Capisce*?«

Für ein paar lange Augenblicke trat Stille ein. Niemand rührte sich. Der Schlägertyp glotzte mich mit blödem Gesicht an. Dann wandte er sich an seinen Kollegen, den Denker. »Was will der Clown?«

»Was ich will?«, kam ich der Antwort zuvor. »Euch raten, mir nicht den großen Corleone vorzuspielen, wenn ihr nicht mal wisst, wie man eine Pizza Quattro Staghioni bestellt.«

»Nein.« Unzufrieden schüttelte der Muskelprotz den Kopf. »Das meine ich nicht.«

»Er meint das da«, half mir der Schöne und deutete auf die Waffe in meiner Hand.

Sie war kalt und glatt, aber die Farbe war etwas zu grell. Rot mit einem grasgrünen Lauf. Als ich einen winzigen Plastikhebel betätigte, schoss ein gelbes Fähnchen aus dem Lauf. *PENG!* stand darauf.

Ich sah das Ding nicht zum ersten Mal. Es gehörte zu Henks Verkleidung. Er hatte den letzten Rosenmontag als Bankräuber begangen. Später hatten wir noch im Büro gefeiert.

»Du hast doch angefangen mit Kasperltheater«, warf mir mein Gegenüber vor.

Ich schwitzte und versuchte so auszusehen, als hätte ich die kleine Einlage beabsichtigt.

Der Schönling kam ganz nahe. Die Süße seines Parfums war unerträglich. Sein Gesicht war nicht süß. Es war hart und ausdruckslos. Wie in Stein gemeißelt.

»Haben wir etwa gelacht?«, flüsterte er.

Ich kicherte nervös. »Jetzt hört mir doch mal zu, Leute! Wir ...«

»Haben wir?!«

»Nein, aber ...«

»Du wolltest dir doch merken«, erklärte er ganz sanft, »wann Zeit ist für Witze.«

»Ja ...«

»Hast du aber nicht gemacht, was?«

»Okay, gut, hab ich nicht. Aber ...«

»Basta!«, brüllte er mir plötzlich ins Gesicht, dass ich zusammenzuckte. Speichelspritzer trafen mich an Nase und Stirn. »Ich hab dir gesagt, Mann, lass die Witze, und du hast gesagt, okay, ist versprochen! Aber hast du die Witze gelassen? – *No!* Erst versprochen und dann hast du doch einen gemacht! Das war nicht gut, Mann! Hältst uns für blöde, einfältige Spaghettifresser, was?«

»Ja, schon. Das heißt, natürlich nicht. Ich wusste eben nicht, dass das für euch ein Problem ist, ehrlich ...«

»Entschuldige dich!«

Mir wurde es allmählich zu eng, aber ich konnte nicht weiter zurück. Schönhemd drückte mich gegen das Regal. Irgendetwas bohrte sich in meinen Rücken.

»Entschuldigung!«, stöhnte ich.

Er lockerte den Druck. Sein Ausbruch schien zu Ende zu sein. »Für den Witz«, bat er freundlich.

»Den Witz?«

Er hob den Arm, an dem seine Hand so lässig baumelte, dass sie erschlafft zu sein schien. Plötzlich erwachte sie und richtete sich auf. Zwei Finger wuchsen wie neue Triebe in Rambos Richtung. »Heh, Gianni. Zeig ihm doch, wie man sich entschuldigt.«

Der Android gesellte sich grinsend zu uns. Jetzt hatten sie mich in der Zange.

Ich riss die Arme hoch. »Halt, nein!«, flehte ich. »Das braucht er nicht! Ich entschuldige mich für den Witz! Ihr habt Recht, das war überhaupt nicht komisch. Ganz und gar unpassend. Albern, lächerlich und ohne jedes Niveau! Tut mir wirklich Leid!«

Wieder herrschte eine Weile Schweigen, währenddessen die beiden mich genüsslich angrinsten.

Dann gab der Schönling mich frei.

Ich atmete auf.

»*Bene*«, sagte er. »Geht doch, was?«

»Ja«, beeilte ich mich zu bestätigen.

Er nickte seinem Schläger zu. »So. Und jetzt mach ihn fertig.«

3

Als ich wieder zu mir kam, fühlte ich mich wie ein Überlebender einer Schießerei, für den es besser gewesen wäre, wenn er nicht überlebt hätte. Ich brauchte eine ganze Weile, bis ich mich traute, meinen Körper abzutasten, um nachzuprüfen, welche Körperteile noch vorhanden waren.

Keine Ahnung, wie viel Zeit inzwischen vergangen war. Bruchstückhaft fielen mir die beiden Mafiatypen wieder ein. Einer von beiden war ein Killer gewesen, der mir mit seiner unwiderstehlichen Rechten einen Hieb in den Unterleib verpasst hatte. Schon die Erinnerung daran bewirkte, dass mein Magen sich erneut verkrampfte.

Zwei Typen, die Henk wollten. Mich hatten sie nur so zum Spaß verprügelt. Das bedeutete, dass ich sie vielleicht wieder sehen würde.

Erst allmählich nahm ich die Außenwelt um mich herum wahr. Vom Geruch her musste ich mich auf einer öffentlichen Toilette oder in einer dunklen Ecke am

Stadttheater befinden. Aber das stimmte nicht mit dem überein, was ich sah. Ich lag mitten in einem Trümmerfeld, das in der Rekonstruktion das Büro meines Partners ergab.

Allerdings hatte ich mich direkt neben Henks Papierkorb übergeben, daher rührte der scharfe Geruch. Einiges von dem Zeug klebte noch auf meiner Jacke.

Vorsichtig rappelte ich mich auf. Sofort begann sich alles um mich herum zu drehen. Mir wurde wieder schlecht.

Wie sehr wünschte ich mir, im Krankenhaus aufgewacht zu sein! Dann hätte mich jetzt eine Schwester sanft zurückgehalten mit dem Hinweis, dass ich dringend Ruhe brauche. Aber hier musste ich alles selbst machen.

Also tappte ich in Schlangenlinien zum Klo, beugte mich über das Waschbecken und hielt das Gesicht in den Wasserstrahl. Das Drehen wurde weniger, wenn es auch nicht ganz aufhörte.

Ich zog meine Jacke aus und warf sie auf den Boden. Um die Flecken würde ich mich später kümmern.

Als ich aus dem Bad trat, wischte ich mir mit meinem T-Shirt das Gesicht trocken.

Auf dem Flur begegnete ich einer Frau.

»Was ist denn hier passiert?«, wollte sie wissen. Entweder hatte sie eine viel zu hohe Stimme oder meine Hörfähigkeit hatte Schaden genommen.

»Kennen wir uns etwa?«, fragte ich zurück.

Sie war Mitte bis Ende zwanzig, hatte rotes, lockiges Haar und eine rötliche Brille. Der dicke, selbst gestrickte Pulli in verwaschenen Regenbogenfarben ließ sie rundlicher erscheinen, als sie war. Insgesamt erinnerte sie mich an eine Freundin, die Henk einmal gehabt hatte. Politisch aktive Langzeitstudentin, die an keiner Demo teilnahm, ohne ihre Gitarre mitzubringen.

»Eine neue Klientin«, informierte sie mich. »Die Tür stand offen, da bin ich einfach rein.«

»Aber ich habe schon einen Klienten. Und außerdem«,

ich stützte mich an der Wand ab und wartete mit dem nächsten Schritt, bis der Flur nicht mehr auf dem Kopf stand, »jede Menge Ärger.«

»Ich dachte, vielleicht hören Sie sich meine Geschichte erst an und dann überdenken Sie Ihre Entscheidung noch einmal.«

»Vielleicht später«, wehrte ich müde ab. »Im Moment passt es mir nicht.«

»Aber es ist kein neuer Fall«, beharrte sie. »Es ist genau der Fall, an dem Sie gerade arbeiten. Ihr Klient heißt Guido Martens, stimmt's?«

Sie ließ sich nicht abwimmeln.

»Ich habe Sie gesehen, als Sie heute Nachmittag sein Haus verließen, und bin Ihnen gefolgt.«

Wahrscheinlich hatte sie erkannt, dass ich ihr zurzeit nicht gewachsen war, und nutzte das eiskalt aus. Das nahm mich nicht gerade für sie ein.

»Na schön, wenn's unbedingt sein muss«, brummte ich und wankte voraus in Henks Büro. »Nehmen Sie Platz. Leider bin ich noch nicht zum Aufräumen gekommen.«

Sie in sein Zimmer zu bitten war mein letzter Versuch, sie zur Aufgabe zu bewegen. Er schlug fehl.

Die Möchtegern-Klientin hatte offenbar nicht die geringsten Probleme mit dem Chaos. Erst wollte sie auf dem umgekippten Papierkorb Platz nehmen, aber nach einem kurzen Schnüffeln ging sie zum Fenster, öffnete es und setzte sich auf die Fensterbank.

»Denken Sie vielleicht, ich hätte noch nie eine Nacht durchzecht?«, fragte sie verständnisvoll. Dann deutete sie grinsend auf Henks Karnevalsrequisit in der Ecke. »Kann man Sie auch für Kindergeburtstage engagieren?«

Ich lehnte mich mit dem Rücken an die Wand und ließ mich langsam abrutschen, bis ich Grund unter dem Hintern spürte. »Also, worum geht's?«

»Es geht um die Frage, auf welcher Seite Sie stehen.«

»Ich wüsste nicht, was das mit meinem Fall zu tun haben soll.«

»Martens ist die falsche Seite. Mölling die richtige.«

»Wer ist Mölling?«

»Der Mann, den Ihr sauberer Martens umgebracht hat.«

Ich pfiff durch die Zähne. »Dass er jemanden umgebracht hat, ist mir völlig neu.«

»Um Ihnen das zu sagen, bin ich hier. Sie sollten sich fragen, ob Sie einen heimtückischen Mörder als Klienten haben wollen.«

»Also, erst mal frage ich mich, wer Sie überhaupt sind.«

»Melanie Storck. Ich war mit Marius zusammen.«

»Marius?«

»Marius Mölling, der Ermordete.«

»Und woher wissen Sie, dass Martens ihn ermordet hat?«

Während sie in ihrer Hosentasche kramte, zeigte sie ein so überlegenes Lächeln, dass ich damit rechnete, sie würde mir einen unumstößlichen Beweis präsentieren. Aber es war nur ein Papiertaschentuch.

»Ich *weiß* es.«

»Aha.«

Melanie entging mein ironischer Ton nicht. Sie warf mir einen schiefen Blick zu. »Man sieht es ihm nicht an, wenn Sie das meinen. Er ist der Typ mit den weißen Handschuhen.«

»Mir ist gar nicht aufgefallen, dass Martens Handschuhe trägt.«

»Soll das ein Witz sein?«

Mir lief es plötzlich kalt den Rücken herunter. »Ein Witz?! Nein, bloß nicht!«

»Schon gut«, beruhigte sie mich, von meinem Ausbruch irritiert. »Regen Sie sich ab.«

Unten im Hof hatten Kinder ein Fußballspiel begonnen, das durch das offene Fenster direkt übertragen wurde. Vom Fußboden aus konnte ich nur den konturlosen Himmel sehen. Er konnte genauso gut das Deckelinnere eines riesigen, weißen Schuhkartons sein.

»Ich weiß es«, wiederholte Melanie Storck, »aber ich kann es nicht beweisen. Sonst wäre ich ja wohl nicht hier.«

»Ich dachte, Sie sind hier, um mich zu informieren.«

Ihre Miene wurde noch eine Spur kühler.

»Vergessen Sie's«, sagte ich. »Erzählen Sie mir einfach die Geschichte.«

»Marius war Journalist. Nicht so ein Schlagzeilen-Heini, der für jede Bettgeschichte gut ist. Er stand auf der richtigen Seite und das war ihm immer das Wichtigste. Tja, deshalb musste er wohl auch sterben.«

»Also hat jemand die Vorfahrt nicht beachtet?«

»Er war an einer Story über die *Nordrhein-Stahl* dran. Damals haben die Tausende von Beschäftigten auf die Straße gesetzt.«

»*Nordrhein-Stahl.*« Ich kratzte mich vorsichtig am Kopf. »Aber die Sache ist doch noch gar nicht so lange her.«

»Ein gutes halbes Jahr. Jedenfalls war dieser Martens für den Konzern als Betriebsberater tätig. So weit sind wir heute gekommen, dass die Bosse sich ihre Schweinereien schon nicht mehr selbst ausdenken können.«

»Sie meinen die Entlassungen.«

»Man nennt es Betriebsverschlankung. Das war Martens' geniales Rezept. Wissen Sie, was er dafür kassiert hat? Über eine Million. Nur dafür, dass er denen gesagt hat, sie sollen Leute rausschmeißen. Jeder Vierte wurde entlassen. Natürlich ließ sich die Belegschaft das nicht so einfach gefallen. Es gab Werksbesetzungen und Mahnwachen. Marius wollte darüber schreiben, aber dann sagte er, er sei auf eine heiße Sache gestoßen, die Martens betreffe.«

Melanie hatte aufgehört zu erzählen. Es ärgerte mich, dass sie mir anhand meiner eigenen Nachfragen vorführen wollte, dass sie mein Interesse geweckt hatte. Dabei war es nur Neugier, nichts weiter.

»Was für eine Sache denn?«

»Tja, das habe ich nicht mehr erfahren. Damals am Telefon war es das letztes Mal, dass ich mit Marius gesprochen habe. Zwei Tage später wurde er aus dem Rhein gefischt.«

»Tut mir Leid.«

Sie stieß einen tonlosen, schnaufenden Lacher aus, womit sie mir wohl sagen wollte, dass ihn das auch nicht mehr lebendig machte.

»Die Polizei hat den Fall doch sicher untersucht«, sagte ich.

»Das schon. Ein paar Wochen. Dann wurde er zu den Akten gelegt. Zuerst haben sie immer von Mord geredet und später wiegelten sie ab. Es wäre auch ein Unfall denkbar, meinten sie.«

»Und Sie sind davon überzeugt, dass Martens den Mord begangen hat?«

Melanie beugte sich zu mir herüber. Sie musterte mich skeptisch wie eine Ärztin, die es auch in ihrer Freizeit nicht lassen kann, ihre Mitmenschen auf Symptome zu untersuchen. Offenbar hielt sie mich für einen schweren Fall von Begriffsstutzigkeit.

»Aber die Sache ist doch klar! Marius findet etwas über Martens heraus. Er trifft sich mit ihm, um ihn damit zu konfrontieren. Kurz darauf wird er ermordet aufgefunden!«

Ich konnte es nicht leiden, wenn man mir im Tonfall einer Nachhilfelehrerin eins und eins vorrechnete.

»Schon mal was von aristotelischer Logik gehört?«

Melanie legte den Kopf schief. »Von was?«

»Erstens: Mörder machen sich die Hände nicht schmutzig. Richtig. Zweitens: Guido Martens hat saubere Hände. Auch richtig. Schlussfolgerung: Martens ist ein Mörder.«

»Was?! Also ...« Melanie hielt es nicht mehr auf der Fensterbank. Wütend sprang sie herunter und stolperte dabei über einen von Henks Aschenbecher, der im Weg lag. »Das ist ja wohl der blödsinnigste Quatsch, den ich je gehört habe!«

»Was haben Sie denn für Fakten, außer dass Martens einen Beruf ausübt, der sich von Ihnen aus auf der falschen Seite befindet? Sie wissen nicht, was Ihr Marius über ihn herausgefunden hat. Auch nicht, ob er ihn überhaupt getroffen hat. Dazu kommt die Tatsache, dass Martens nicht wie ein Mörder aussieht. Das alles beweist, dass er einer ist, oder was?«

Für einen Moment glaubte ich, sie würde sich auf mich stürzen. Wenn sie ihre Gitarre mitgehabt hätte, hätte sie sie mir sicher über den Schädel gehauen. Aber sie nahm sich zusammen.

»Seit etlichen Wochen«, erklärte sie, die einzelnen Worte ruhig und gefasst aussprechend, »arbeiten wir in unserer Aktionsgruppe dafür, dass die Polizei den Fall Mölling noch einmal aufrollt. Wir haben nicht herumgesessen und diskutiert, sondern Druck gemacht. Aber wir kommen nicht weiter. Wir brauchen keinen, der noch mal von vorne anfängt. Wir brauchen Beweise!«

»Also schön, Sie wollen, dass ich Ihnen helfe, Ihren Verdacht zu beweisen. Nehmen wir an, ich mache es. Dann würde ich mir aber nicht Ihre Brille aufziehen lassen.« Ich zog meine ab und stellte fest, dass der italienische Terminator das Gestell vorhin abenteuerlich verbogen hatte.

»Was für eine Brille?«, fragte Melanie Storck.

»Die Brille, durch die Martens abstoßend und bösartig aussieht, während der arme Marius eine Art Heiligenschein trägt. Er ist keiner von den Schlagzeilen-Heinis? Dabei scheint er mir doch hinter einer fetten Schlagzeile her gewesen zu sein. Und wer sagt mir, dass es sich dabei nicht um eine Bettgeschichte gehandelt hat?«

»Schon gut.« Offenbar war sie nicht sauer auf mich. Sie fühlte sich so sehr im Recht, dass in ihrem Blick nur tiefe Enttäuschung darüber zu sehen war, dass ich moralisch so wenig mit ihr Schritt halten konnte. Vielleicht war es nicht einmal Enttäuschung und sie hatte gar nichts anderes erwartet.

Melanie wandte sich zum Gehen. »Ich hatte gedacht, Sie stünden auf unserer Seite.«

Mir platzte der Kragen. »Verdammt, jetzt hören Sie doch mit Ihren Seiten auf! Überall sonst hat sich spätestens seit dem Mittelalter herumgesprochen, dass die Welt eine Kugel ist. Nur ihr lebt noch in der heilen, zweiseitigen Welt!«

Für meinen Ausbruch hatte sie nur ein abfälliges Lächeln übrig. Doch sie ging nicht sofort, sondern warf noch einen Blick aus dem Fenster.

Unten im Hof war ein Tor gefallen und jetzt hatte sich von einem der Fenster aus ein Bewohner eingeschaltet und bat sich Ruhe aus.

»Was soll das heißen?«, erkundigte sich Frau Storck.

»Das heißt, wenn ich auf Ihrer Seite stehen soll, dann ist das nicht umsonst.«

»Klar.« Sie nickte verständnisvoll. »Wir haben in der Gruppe zusammengelegt. Fünfundsiebzig am Tag sollten okay sein.«

»Fünfundsiebzig!«

Zum ersten Mal hatte sie einen Witz gemacht. Die ganze Zeit hatte ich mir die Frage gestellt, wieso die Solidaritätsgruppe ausgerechnet auf mich verfallen war. Jetzt hatte ich die Antwort. Es gab offenbar Kreise, in denen ich den Ruf hatte, ein Preisbrecher zu sein. Henk und seine Studentenfreundin waren schuld daran.

»Pfennig oder Mark?«, fragte ich vorsorglich.

Sie grinste säuerlich. »Wir haben alle nicht viel.«

»Tja, dann tut's mir Leid«, sagte ich. »Sie können mich nicht mit sich vergleichen. Schließlich kriege ich kein Bafög. Also ...«

»Das ist Ihr letztes Wort?«

Ich kämpfte mich mühsam auf die Beine. »Soll ich Ihnen sagen, wie viel mir mein Klient zahlt? Wenn ich für Sie arbeite, müsste ich das alles sausen lassen und ...«

Melanie hob beide Hände, als hätte ich eine Waffe auf sie gerichtet. »Okay«, erklärte sie, »ich habe mich in Ihnen geirrt. Sie sind genau der Richtige für Martens!«

Damit ließ sie mich stehen.

»Was soll das denn wieder heißen?«, rief ich ihr hinterher.

»Dass Sie ein Kurzhaardackel sind, dem man einen Geldschein unter die Nase hält, damit er anfängt zu schnüffeln!«

Mir kam plötzlich eine Idee. »Übrigens, planen Sie in Ihrer Aktionsgruppe auch Theatralisches?«

Sie stand in der Wohnungstür und drehte sich noch einmal um. »Glaube kaum, dass Sie das etwas angeht. Was meinen Sie mit theatralisch?«

»Zum Beispiel Leute, die in Schwarz gekleidet vor Häusern stehen, in der Rolle des personifizierten schlechten Gewissens.«

Melanie warf mir einen eiskalten Blick zu. »Halten Sie mich wirklich für so dämlich? Erst wimmeln Sie mich ab und dann baggern Sie ausgerechnet bei mir nach Informationen, die Sie bei Ihrem sauberen Klienten zu Geld machen können!«

Sie knallte die Tür hinter sich zu.

Das war auch eine Antwort, vielleicht gar nicht mal eine schlechte. Also konnte ich nicht anders, als Melanie Storck für dämlich zu halten.

4

In der Nacht fand ich keinen Schlaf. Die beiden Kerle hatten mir die Schulter verrenkt und es gab keine Stellung, in der ich schmerzlos schlafen konnte.

Mir kam der beunruhigende Gedanke, dass ich mich gar nicht geirrt hatte, als ich vor einer Woche vergeblich auf Henks Rückkehr gewartet hatte. Es war eine Ewigkeit her, dass er mich darum gebeten hatte, ihn zum Flughafen zu bringen, aber in letzter Minute war eine seiner alten Verehrerinnen eingesprungen. Und vor einer Ewigkeit war länger als drei Wochen her.

Es gab zwei Möglichkeiten. Erstens: Die Killer hatten

ihn schon erwischt. Das bedeutete, dass der schlimmste Fall eingetreten war, aber auch, dass ich mich nicht mehr zu beeilen brauchte. Zweitens: Henk war untergetaucht.

Ich war sauer auf ihn. Er hatte mit seinem albernen Kinderspielzeug mein Leben gefährdet. Ich hatte für ihn den Kopf hingehalten und er ließ nichts von sich hören.

Was auch immer vorging, ich hielt es für angebracht, objektiv vorzugehen. Diese Leute mochten wie brutale Schläger aussehen, aber man durfte sich nicht zu sehr von Äußerlichkeiten leiten lassen. Sie waren unhöflich gewesen. Aber was, wenn sie Grund dazu gehabt hatten? Ich wusste schließlich nicht, was mein Partner angestellt hatte.

Dummerweise wollte mir nicht mehr einfallen, wo er seinen Urlaub verbracht hatte. Er hatte tatsächlich Neapel erwähnt, aber damit konnte er auch die Pizzeria um die Ecke gemeint haben. Henk war nie ein Italienfan gewesen, deshalb hielt ich es für unwahrscheinlich, dass er wirklich dorthin gereist war.

»In Landhäusern teuere Weine schlürfen und Abendlicht auf sanften Hügeln betrachten, das ist was für gut betuchte Rentner«, hatte er neulich noch abfällig erklärt. »Glücklicherweise gibt es noch ein paar spannendere Dinge im Leben als Essen und Trinken.«

Niemand fuhr in Urlaub, ohne Spuren zu hinterlassen. Es gab Reiseprospekte, Broschüren mit praktischen Tipps für die Fahrt und bunte Faltblätter mit Sprachführern, mit denen man sich am Urlaubsort blamierte. Vor allem aber gab es meistens jemanden, der vor der Abreise den Touristen zuletzt gesehen hatte.

Barbara Bonnek war Pathologin aus Leidenschaft. Seit einigen Jahren arbeitete sie an einer Studie über Serientäter, die sich in die Länge zog, weil die Killer gefasst wurden, noch bevor sie eine Serie zusammen hatten, oder von selbst aufhörten mit dem Morden. Henk kannte sie durch einen seiner Fälle, der in seinem Büro begonnen und in der Gerichtsmedizin geendet hatte.

»Ja?«, meldete sie sich am Telefon mit einer Stimme, die so kühl klang wie die gekachelten Räumlichkeiten der Gerichtsmedizin.

»Babsi? – Hier ist Bernie. Bernie Kittel ...«

»Kittel! Hör mal, weißt du eigentlich, wie spät es ist?«

»Deswegen rufe ich nicht an. Es geht um Henk.«

Ihr Räuspern ließ mich frösteln. »Und ich dachte«, sagte sie, »es sei etwas Wichtiges.«

»Genau gesagt, um seinen Urlaub. Weißt du, wo er hin ist?«

»Süditalien. Keine Ahnung, wohin genau. Es war ein Rouletteangebot.«

»Roulette?«

»Das heißt, du zahlst weniger, aber dafür stecken die dich in ein Hotel, wo freiwillig niemand wohnen will.«

»Und du hast ihn zum Flughafen gebracht?«

»Wen interessiert das jetzt noch? Inzwischen ist er doch längst zurück.«

»Weißt du das zuverlässig? Ich meine, hast du ihn wieder abgeholt?«

»Nein. Wir sind erwachsene Menschen. Er hat sein Leben, ich meines.«

»Stimmt«, bestätigte ich. »Aber was hat das damit zu tun, ob du ihn vom Flughafen abgeholt hast oder nicht?«

»Zufällig weiß ich, dass er eine Tussi hat.«

Das also war der Grund für die Eiszapfen in ihrer Stimme. Ebenso dafür, dass Henk und Babsi sich in den letzten zwei Jahren bereits fünfmal getrennt hatten. Wo andere Gespenster sahen, sah Babsi Tussis.

»Weißt du zufällig, wer ...«

»Ist seine Sache. Er kann schließlich machen, was er will.«

Damit legte sie auf.

Es gehörte zu meinem Job, Leute ausfindig zu machen, aber in diesem Fall standen meine Chancen nicht besonders gut. Angenommen, Henk wusste, dass die Totschläger hinter ihm her waren, dann würde er lieber den Teufel tun, als sich irgendwo sehen zu lassen. Mir blieb nur zu warten, bis er sich bei mir meldete.

Aber angenommen, er wusste es nicht, sondern spielte ahnungslos am Mittelmeer Roulette, dann war es höchste Zeit, ihn auf gewisse Schwierigkeiten vorzubereiten. Er sollte wenigstens Zeit genug haben, um sich auf dem Friedhof eine Grabstätte auszusuchen, wie die Kerle geraten hatten.

Noch ein, zwei Stunden döste ich vor mich hin und wartete darauf, dass ein trüber, unfreundlicher Samstagmorgen begann, den viele damit verbringen würden, auf dem Wochenmarkt herumzustehen, sich die kalten Hände zu reiben und dem eigenen qualmenden Atem hinterherzuschauen. Viel Spaß würde ihnen das nicht bereiten, aber es machte noch weniger Spaß, in einem muffigen Buchladen übel gelaunte Kunden dabei zu beobachten, wie sie aus purer Langeweile Bücher aus den Regalen nahmen und darin herumblätterten, ohne sie zu kaufen, geschweige denn zu klauen. Aber so lange ich als Privatdetektiv Klienten begegnete wie Melanie Storck, die sich einbildeten, das Honorar aus der WG-Kaffeekasse bezahlen zu können, würde ich auf den Job als Ladendetektiv angewiesen sein.

Natürlich gab es immer mal Tage, an denen ich nicht in dem Buchgeschäft herumstehen konnte. Wenn ich krank wurde, zum Beispiel, oder wenn ich meinem Partner aus der Klemme helfen musste. Wie heute.

Lämmerhirt, meinem Chef, musste ich allerdings die erste Variante auftischen. Er gehörte zu den Typen, die selbst ihren Partnern nur dann aus der Klemme halfen, wenn sie sicher waren, durch diese Maßnahme mehr Geld einzusparen, als sie Kosten verursachte. Für Lämmerhirt gab es keinen Unterschied zwischen krank sein und krankfeiern, also erkundigte er sich nicht näher nach meinen Beschwerden, sondern wünschte mir frostig gute Besserung.

Ich fuhr zum Büro und durchwatete noch einmal das Chaos in Henks Arbeitszimmer auf der Suche nach einem Hinweis. Nichts deutete darauf hin, dass er inzwischen hier gewesen war. Und falls doch, dann hatte er das Aufräumen auf später verschoben. Also würde ich bei ihm zu Hause weitersuchen.

Als ich schon so gut wie aus der Tür war, klingelte das Telefon. Ich nahm ab.

»Kittel?« Die Stimme am anderen Ende hatte keinen italienischen Akzent. »Ich brauche dringend Ihre Hilfe.«

»Wer spricht denn da?«

»Mein Name ist Martens. Tilo Martens. Wir haben uns gestern kurz kennen gelernt.«

»Ja, ich erinnere mich.« Das Sorgenkind meines Klienten. Der junge Elvis, den sein Vater kurzerhand hinausgeworfen hatte, als er versucht hatte, sich in seine eigenen Angelegenheiten einzumischen.

»Worum geht es denn?«

»Ich ...« Er schluckte. »Das sehen Sie, wenn Sie hier sind. Ich möchte jetzt nicht hier – am Telefon ...«

Normalerweise war ich ein hilfsbereiter Mensch. Aber ich dachte an Henk und seine sadistisch-sizilianischen Verfolger. Und ich fühlte meine Schrammen und blauen Flecke. Im Moment passte es wirklich schlecht.

»Wie Sie wissen«, erklärte ich freundlich, »hat mich Ihr Vater engagiert. Falls Sie also wollen, dass ich für Sie tätig werde, sollten Sie sich an ihn wenden und ihn um sein Einverständnis bitten. Und dann wäre für mich zu klären, ob Ihr Anliegen und seines nicht miteinander kollidieren. Falls nicht, dann könnte ich ...«

»In meinem Schlafzimmer liegt eine Leiche«, unterbrach er meine Ausführungen.

Jetzt schluckte ich. »Was?«

»Ein toter Mensch«, erklärte er. »Hier in meiner Wohnung. Ich weiß nicht, was ich machen soll. Bitte, ich ...«

»Also gut«, sagte ich. »Rühren Sie nichts an und warten Sie, bis ich da bin.«

5

Die Wohnung, zu der Tilo Martens mich bestellte, lag in jenem Viertel südlich der Innenstadt, das Einheimische in aller Regel mit leisem, andächtigem Stolz in der Stimme erwähnten. Viele führten das auf die Rocklegende zurück, die hier aufgewachsen war und die die knallharte linke Szene weitgehend in eine weinerliche Gemeinde fromm gestimmter Lokalpatrioten verwandelt hatte. Ihr Geburtshaus lockte immer noch Massen von ehrfürchtigen Wallfahrern her.

Vielleicht rührte der Stolz aber auch daher, dass die Welt hier auf eine krumme, urtümliche Art und Weise noch in Ordnung zu sein schien. Es gab altbackene Kneipen, echte Milchmänner, urige Kioske und Läden, deren Inhaberin Tante Emma höchstpersönlich war und die sonst wo auf der Welt längst gefräßigen, anonymen Supermärkten zum Opfer gefallen waren. In den Ecken roch es gemütlich und ein bisschen muffig und die Leute begegneten einander nicht mit der überall sonst üblichen kalten Gleichgültigkeit. Sollte es vorkommen, dass einer den anderen ermordete, so war das meist nicht persönlich gemeint. Überhaupt gab es nichts, das sich nicht in der Kneipe um die Ecke in aller Freundschaft klären ließ.

Da die Leute sich in der für diese Stadt typischen Selbstbewunderung hauptsächlich mit ihrem Viertel beschäftigten, fehlte ihnen der Vergleichsmaßstab. Es entging ihnen, dass die Welt hier genauso wenig heil geblieben war wie anderswo, dass die Menschheit nicht nur aus guten Kumpeln bestand, die auch nicht alle Mitglieder des Karnevalsvereins waren. Und dass es Tante Emma schon lange heimlich mit dem echten Milchmann trieb.

Tilo Martens erwartete mich auf der Straße vor dem Haus und sah ungeduldig zu, wie ich den Wagen in die enge Parklücke manövrierte. Mit seinen schlotternden Armen, den unbeholfenen Bewegungen und dem Gesicht, das genauso fahl war wie der Himmel über dem Nieselregen, glich er einem Patient, der höchstpersönlich das Eintreffen des Notarztes überwachte. Wahrscheinlich hatte er sich unmittelbar vorher übergeben.

»Ich habe einen nervösen Magen«, erklärte er, als hätte er meine Gedanken gelesen, während er vor mir die Stufen hinaufkeuchte. »Der reagiert prompt auf den Schreck.«

Ab dem zweiten Stockwerk verjüngte sich das Treppenhaus zusehends. Hässliche, graugrüne Tünche und abgetretene Steinstufen wichen Teppichboden und glänzenden Kacheln mit frischem, farbenfrohem Design.

Tilo Martens verjüngte sich nicht, sondern wirkte von Stufe zu Stufe angestrengter. Er schien nicht hierher zu gehören, jedenfalls nicht als Bewohner, sondern wenn überhaupt, dann als ein Hausmeister mit Schlüsselbund und Maßband in der Tasche. Tilo hatte Ähnlichkeit mit seinem Vater, aber nicht, weil er wie dieser eine Jogginghose trug. Die Hose machte eher den Unterschied zwischen den beiden deutlich. An Tilo wirkte sie wie eine Schlafanzughose, sie machte ihn älter, während sie seinen Vater jünger und dynamischer aussehen ließ. Sportlichkeit war heutzutage das, was in der wilhelminischen Zeit militärischer Schneid gewesen war, und die Uniform von heute war der Jogginganzug. Kein Wunder, dass Martens senior sein Söhnchen nicht ernst nahm.

Wir hatten die Wohnung betreten und standen in einem breiten, mit edlem Parkett ausgelegten Flur, dessen Ende man nicht absehen konnte, weil er nach circa zehn Metern eine sanfte Biegung machte. In den riesigen, trotz des trüben Wetters hellen Räumen schien es kaum Möbel zu geben, aber das sah nur so aus, weil die meisten der teueren Stücke Raum brauchten, um ihre eigene Persönlichkeit zu entfalten. In diesem Domizil konnten eine griechische und eine türkische Großfamilie ohne Probleme in friedlicher Koexistenz nebeneinander leben, wenn sie es sich hätten leisten können. Aber das konnten nur Leute vom Schlage der Martens, die mehr Geld hatten, als sie brauchten, um davon Wohnungen zu kaufen mit mehr Platz, als sie brauchten.

»Schickes Teil«, staunte ich.

Tilo war schon vorausgeeilt und stand wartend bei der zweiten Tür, die vom Flur abzweigte.

»Es ist hier drin ...«

Offenbar war er entschlossen, draußen zu bleiben, um sich und seinem nervösen Magen nicht ein zweites Mal den grausigen Anblick zuzumuten.

Also schob ich mich an ihm vorbei. Die schwere Eichenholztür öffnete sich fast geräuschlos.

Der Raum lag im Halbdunkel, weil die wild schwarzweiß gemusterten Vorhänge zugezogen waren. Ihr harter Kontrast beherrschte den ganzen Raum. Weiß gekalkte Wände, schwarzer Teppich mit weißen Mustern auf dem Holzboden. Linker Hand gab eine offene Tür den Blick in ein Badezimmer frei. Auch dort ein Schachbrett auf dem Boden: Weißer Marmor und schwarzer Stein wechselten sich ab. Es gab weiße Becken mit goldenen Armaturen, und schwarze mit silbernen. Feminines und maskulines Design kämpften um die Vorherrschaft.

Das einzige Bett in dem Schlafsaal war wie ein Stück Kuchen geformt und schmiegte sich mit der Spitze in die rechte hintere Zimmerecke. Ein weißes Laken unter einem schwarzen Bezug. Das Bett war ordentlich gemacht, nur am Fußende ragten seidene rote Hosenbeine eines Schlafanzuges hervor.

Immer noch verblüfften mich die Ausmaße dieser Wohnung. Nur inzwischen begann ich mich auch zu fragen, wo der Tote lag.

Die in direkter Nähe am Rheinufer entlangfahrende S-Bahn ließ den Boden leicht erzittern. Ich durchquerte das Zimmer, öffnete die Tür und sah in Tilos ängstliches Gesicht.

»Was ist jetzt mit der Leiche?«, erkundigte ich mich ungeduldig.

»Haben Sie sie ...« Wie ein Fisch an Land schnappte er mit dem Mund nach Luft.

»Ich meine, wo ist sie?«

»Sie ist drüben, in meinem Bett.«

»Im Bett ist niemand.«

Tilos Gesicht zuckte. »Sie scherzen!« Er drängte sich an mir vorbei in sein Schlafzimmer.

»Absolut nicht«, widersprach ich sauer. »Aber ehrlich gesagt, frage ich mich, ob Sie das vielleicht tun. Und wenn ja, warum?«

Sekunden später stand Tilo Martens fassungslos vor seinem großen, ordentlich gemachten Bett. Er glotzte es an, als sähe er es zum ersten Mal in seinem Leben. Vielleicht hoffte er, die Leiche doch noch zu entdecken, wenn er nur genau genug hinschaute. Sein Gesicht verzerrte sich in Enttäuschung und echtem Schrecken, als sei da nicht kein Toter, sondern mindestens zehn. Sah er wirklich dasselbe wie ich? Wenn nicht, dann war er ein Fall für einen Arzt.

»Ich schwöre«, stammelte er mit bebender Stimme, »dass hier eben noch eine Leiche war. Ein unbekannter, toter Mann. Der Mörder hat ein ganzes Magazin Kugeln auf ihn abgefeuert ...«

»Eben?«, unterbrach ich ihn. »Was heißt das genau?«

Damit verstärkte ich nur seine Hilflosigkeit. »Was das heißt? Vor ein paar Minuten. Eben. Zehn Minuten oder zwanzig. Was weiß ich?«

»Wieso haben Sie nicht am Tatort gewartet, wie ich Ihnen gesagt habe?«

»Sie haben gesagt, ich sollte nichts anrühren!« Er ruderte mit den Armen. »Und das habe ich auch nicht getan!«

»Sie haben die Wohnung verlassen und unten auf der Straße auf mich gewartet.«

»Ja!« Er holte Luft, um mir einen Vortrag zu halten. Aber es kam nichts. Also holte er noch mehr. »Ich ... ich konnte einfach nicht da drinbleiben! Dieser Mann – er sah grässlich aus. Das blutdurchtränkte Laken! Und seine Hand, die schlaff aus dem Bett hing ...«

»Schon gut!« Offenbar war Tilo Martens der Situation nicht gewachsen. »Schon gut«, beruhigte ich ihn. »Kein Grund, sich aufzuregen. Immerhin ist es doch glimpflich abgelaufen. Niemand ist zu Schaden gekommen ...«

»Niemand zu Schaden gekommen?!« Tilos Gesicht hörte auf zu zucken und seine Augen wurden schmal. »Verdammt noch mal, hören Sie denn nicht zu, was ich Ihnen sage? In diesem Bett da, habe ich Ihnen gesagt, hat eine Leiche gelegen. Und das bedeutet für mich ziemlich klar, dass hier jemand zu Schaden gekommen ist! Und jetzt ist der Tote auch noch weg!«

»Ich habe ihn nicht weggeschafft.«

»Ha, sehr witzig!«, schnaufte er. »Sie haben ihn nicht weggebracht! Denken Sie denn, ich war das?«

In diesem Moment klopfte jemand an die Wohnungstür, die wir nicht geschlossen hatten. Martens erstarrte.

»Jemand zu Hause?«, erkundigte sich eine Stimme, die mir bekannt vorkam.

»Was will der denn hier?«, flüsterte ich.

Mein Gegenüber atmete auf. »Ich dachte schon, die kommen überhaupt nicht mehr.«

»Wollen Sie damit etwa sagen, Sie haben die Polizei angerufen?«

»Wenn Sie das auch nicht glauben wollen«, belehrte er mich. »Hier ist ein Mord geschehen. Also habe ich die Polizei angerufen.«

»Aber was mache ich dann hier?«

»Gute Frage!« Mattau betrat das Zimmer. »Was machen Sie hier, Kittel?«

Kommissar Mattau war ein Dinosaurier der Kriminalistik. Seine Vorliebe für abgetragene Klamotten entsprach einer Abneigung für ausgelatschte Dienstwege und Vorschriften. Längst war er von jungen, smarten Kollegen umgeben, die ständig Fortbildungen machten und viel Zeit mit Teambesprechungen verbrachten, während er Mördern schon mal ein Bier spendierte, bevor er sie verhaftete. In der Zeit der computergestützten Ermittlung wirkte Mattau wie ein ausgedienter US-Marshall, der sich in einem drittklassigen Western darüber beschwerte, dass in dieser Welt kein Platz mehr war für Leute seines Schlages. Ein US-Marshall in einem fleckigen, grünen Parka.

»Sagen Sie nichts, Martens«, brummte er. »Lassen Sie mich raten: ein blutiger, von Kugeln durchsiebter Leichnam, das Hirn über den Boden verspritzt. Ein Anblick, der selbst Hartgesottene zu Boden streckt. Aber das Schlimmste von allem ist: Kaum, dass Sie ihm den Rücken zukehrten, war er verschwunden.«

Tilo Martens' Gesicht lief rot an. »Herr Kommissar, Sie müssen mir glauben ...«

»Was würde Ihnen das schon helfen? – Seien Sie froh, dass ich zufällig in der Nähe war. Wenn die Kollegen mit der gesamten Spurensicherung aufgekreuzt wären und Sie hätten ihnen dieses frisch bezogene Bett präsentiert, ich weiß nicht, was die mit Ihnen gemacht hätten.« Er wandte sich mir zu. »Und Sie, Kittel, werden mir jetzt sagen, dass dieser nette junge Mann Ihr Klient ist.«

»Nicht er, sondern sein Vater.«

»Na, dann herzlichen Glückwunsch.« Mattaus Gesicht verfinsterte sich. »Ich will Ihnen nicht in Ihren Job hineinreden. Aber es gibt Fälle, da sollte sich selbst ein Privatdetektiv mit chronischen Geldsorgen nicht zu schade sein, seine Klienten an die richtige Adresse zu überweisen. Zum Beispiel an einen Psychologen oder einen Spukexperten.«

Ich stand nicht gerne als Trottel da. »Immerhin wäre es möglich«, wehrte ich mich, »dass ...«

»Sie brauchen sich nicht zu rechtfertigen, Kittel«, stoppte mich Mattau. »Ich weiß, dass Sie eine Vorliebe für Verbrechen dieser Art haben. – Also dann, Sie sind nicht zufällig mit dem Wagen hier?«

»Dass die Polizei mir nicht glaubt, hatte ich schon erwartet. Aber Sie, Kittel ...« Tilos Stimme bekam etwas Beschwörendes. Ich mochte der Trottel sein, aber er war ein Spinner mit einem gut sichtbaren Dachschaden. »Ich hatte gedacht, dass wenigstens Sie genauer hinsehen.«

Ich trat an das Bett und schlug die Decke zurück. Der Seidenschlafanzug war nicht zusammengelegt, wie es sich gehörte. Das Oberteil hatte die Arme ausgestreckt, das Unterteil die Beine. Der Schlafanzug sah aus wie eine Gestalt, die sich dunkelrot vom weißen Laken abhob ...

»Also, ich finde, *Sie* hätten das tun sollen«, stellte ich fest. »Und zwar, bevor Sie mich angerufen haben. Es tut mir Leid.«

Wir stiegen aus der gediegenen Sphäre mit den blitzblanken Kacheln wieder in die normalen Gefilde des Treppenhauses ab. Mattaus Parka hatte den gleichen Farbton wie die abblätternde Tünche.

»Was haben Sie gegen seinen Vater?«, wollte ich wissen.

Der Kommissar schnaufte. »Sehe ich so aus, als ob ich ihn kenne?«

»Das nicht«, musste ich zugeben. »Aber als Sie mir zu ihm gratulierten, hörte es sich danach an.«

»Sagen wir, ich kannte ihn früher.«

»Also kennen Sie ihn doch.«

Mattau blieb stehen, nur um ausgiebig den Kopf zu schütteln. »Früher, habe ich gesagt. Das bedeutet, Kittel, dass ich ihn kannte und dann, eines Tages, nicht mehr.«

Offenbar war er heute zu Haarspaltereien aufgelegt.

Wir waren unten angekommen und traten auf die Straße. Inzwischen regnete es in dünnen, kaum sichtbaren Fäden. Die urigen Kneipen und Kioske sahen trostlos aus. Zum Glück hatte ich direkt vor dem Haus geparkt.

»Ein Wetter, in das man einen Hund hinausjagen möchte«, sinnierte der Kommissar.

»Sie meinen, keinen Hund. Man möchte keinen Hund hinausjagen.«

»Oh doch«, setzte er seine Haarspalterei fort. »Anders macht die Redensart keinen Sinn. Im Grunde will jeder jemanden hinausjagen und das hier ist das ideale Wetter dafür. Nur will es keiner zugeben.« Irgendetwas schien ihm heute die Laune verdorben zu haben. »Von Ihnen, Kittel, hatte ich übrigens mehr Professionalität erwartet«, brummte er, während er sich auf den Beifahrersitz zwängte und am Sicherheitsgurt zu schaffen machte. »Wenn so ein grüner Jüngling wie der da oben einem Mordgeschichten auftischt, die er aus irgendeinem Psychothriller hat, dann merkt man das doch.«

»Sie haben es natürlich sofort gemerkt«, gab ich gereizt zurück.

»Also gut, Kittel, nicht sofort.« Mattau grinste versöhnlich. »Beim ersten Mal bin ich ihm auch auf den Leim gegangen.« Er angelte mit den Fingern ein Kaugummi aus dem Mund und griff nach dem Aschenbecher. »Kann man das hier irgendwo ...«

»Nicht den Aschenbecher öffnen, bitte!«, warnte ich ihn, so dass er zurückzuckte. »Der Wagen gehört meinem Partner. Wenn Sie die Klappe öffnen, ersticken wir beide.«

Enttäuscht und ratlos drehte er das klebrige Etwas zwischen den Fingern.

»Wie war das beim ersten Mal?«, wollte ich wissen.

»Der gleiche Schauplatz«, grinste er. »Nur nicht im Schlafzimmer, sondern im Flur. Damals hatte man angeblich den Freund seiner Schwester ermordet.«

»In seiner Wohnung?«

»Es ist nicht nur seine. Die Schwester wohnt auch da.«

»Die Tennisspielerin?«

»Genau. Eine Klassefrau, wenn man Sinn für so was hat. Schon in der Schule hat sie immer nur Einsen geschrieben. Und ihr Typ ist Schriftsteller. So einer, den jeder kennt.«

»Wer?«

»Außer mir. Sie wissen doch, Kittel, wann soll ich denn

zum Lesen kommen? – Da drüben an der Ecke können Sie mich rauslassen.«

Ich bremste und hielt in zweiter Reihe. »Und was war passiert?«

»Nichts. Martens junior wollte den Mord beobachtet haben. Und dann war er sogar im Flur über die Leiche gestolpert. Ehrlich, so wie er das geschildert hat, hat es mir einen Schauer über den Rücken gejagt. Aber dann stellte sich heraus, dass der Schreiberling quicklebendig war!«

Hinter uns hupte es. Mattau winkte mir zu und ließ die Tür ins Schloss fallen.

In der winkenden Hand konnte ich kein Kaugummi entdecken, weshalb ich davon ausging, dass er es in seiner Manteltasche hatte verschwinden lassen. Erst als ich an der nächsten Ampel wartete, sah ich, dass er es auf die Ablage geklebt hatte.

6

Tilo ging mir nicht aus dem Kopf. Er mochte ein Spinner sein, der den Leuten mit erfundenen Horrorgeschichten auf den Wecker fiel, aber hatte er es deshalb verdient, dass wir uns achselzuckend abwandten und ihn stehen ließen? Wäre er der Täter gewesen, wir hätten ihm zweifellos alle verfügbare Aufmerksamkeit geschenkt. So hatte er dagestanden, klein und zerbrechlich, eine Jammergestalt in seinem Jogginganzug, der sackartig an ihm herunterhing, allein gelassen auf diesem Flur, der länger zu sein schien als der Panamerican Highway, allein mit seinen Schwierigkeiten, die nur zu offensichtlich waren.

Der Blick, den er uns hinterhergeschickt hatte, erinnerte mich an den eines Hundes, den man im Tierheim zurücklässt, nachdem man ihm ebenso geduldig wie scheinheilig erklärt hat, dass sein Aufenthalt dort nur vorübergehend sein würde.

Jeder will einen Hund hinausjagen, hatte Mattau behauptet, *nur gibt es keiner zu.*

Und er hatte Recht damit. Hinausjagen konnte man einen Hund bei jedem Wetter. Warum sollte man es ausgerechnet bei dem Wetter, wo es sich am meisten lohnte, nicht tun wollen?

Richtig war, dass Tilo zu meinem Auftrag gehörte, für dessen Erledigung mir Martens eine Menge Geld zahlte. Aber er bezahlte mich dafür, dass ich herauskriegte, was hinter Tilos scheußlichen Abenteuern steckte, und nicht dafür, dass ich sie mitmachte.

Der Fall Martens schien mir lange nicht so kompliziert zu sein, wie die Honorierung vermuten ließ. Die einzige Schwierigkeit bestand höchstwahrscheinlich nur darin, die rothaarige Melanie dazu zu bewegen, sich mit mir noch einmal zu unterhalten, obwohl ich auf der anderen Seite stand. Wenn es mir gelang, auf sie einen halbwegs politisch korrekten Eindruck zu machen, würde sie mit der Adresse des Mannes herausrücken, der die schwarze Spukgestalt spielte. Dann musste ich mich nur noch mit der Spukgestalt einigen.

Als ich vor Henks Haus stand, war ich erleichtert, die Tür unversehrt und verschlossen vorzufinden. Die Schläger waren also noch nicht hier gewesen. Vielleicht hatten sie das Häuschen einfach nicht gefunden, das sich in einem der zahllosen ungemütlichen Innenhöfe versteckte, umstellt von der Großstadt, klein genug, dass man es in Tilo Martens' Schlafzimmer unterbringen konnte, direkt neben dem Bett, ohne dabei den Zugang zum Badezimmer zu verstellen.

Dagegen hätte der Krempel, der hier versammelt war, wahrscheinlich selbst die protzige Südstadtsuite überfordert. Henks Unfähigkeit, Dinge wegzuwerfen, stand seiner rätselhaften Begabung im Weg, sich Dinge zuzulegen, die nur zum Herumliegen gut waren. Von seinem letzten Besuch in Amsterdam stapelten sich mindestens vier Paar Holzschuhe in der Ecke, auf denen Windmühlen und mollige Frauen mit Kopftüchern abgebildet waren. Die klotzigen Dinger waren inzwischen in das Verkehrsnetz der Spinnen eingebunden. An den Wänden stritten sich Bilder, die nicht das Geringste miteinander zu tun hatten, um die besten Plätze. Miles Davis musste so nahe an die Mannschaft von *Feijenoord Rotterdam* heranrücken, dass es aussah, als sei er ein Mitspieler oder der Schiedsrichter, der das Spiel mit der Posaune anpfiff. Relativ neu war ein zum Poster vergrößertes Foto, das Henk und mich während unseres letzten Falles zeigte. Ich trug einen schwarzen Anzug, der mir schon als Zwölfjähriger gepasst hätte, und Henk steckte in einer Kochmontur mit braunen Flecken drauf, die aussahen wie Schokolade, in Wirklichkeit aber von etwas völlig anderem stammten. Wäre es nach Henk gegangen, hätte das Foto, das die Presse untertitelt hatte mit *LAUREL & HARDY WIEDER DA!*, den Schlussstrich unter unsere Zusammenarbeit gezogen. Aber nachdem ich den Inhaber eines Prominenten-Restaurants dazu gebracht hatte, sich in aller Form bei ihm zu entschuldigen, hatte er seinen Entschluss noch einmal überdacht. Wir machten weiter, allerdings hatte Henk vorgeschlagen, die Agentur umzubenennen in *Laurel & Hardy, private Ermittlungen*.

Mein Blick ruhte auf diesem Bild und schwelgte eine Weile in Erinnerungen. Er blieb noch etwas länger hängen, allerdings nicht um zu schwelgen, sondern weil ihm etwas merkwürdig vorkam. Nicht nur Henk auf dem Bild, sondern auch das Glas des Rahmens war mit braunen Flecken bekleckert. Ich trat näher. Es erschien mir unwahrscheinlich, dass Henk seine eigenen vier Wände besudelt hatte!

Da waren noch mehr solche Flecken, die, wie ich herausfand, aus brauner Farbe bestanden, sie befanden sich ausschließlich auf Bildern von Henk. Außerdem hatte oben im Schlafzimmer jemand die Schubladen der Kommode auf das Bett entleert. Mir kam das entgegen, vor allem, weil er den Krempel vorsortiert hatte. Auf dem Kopfkissen fand ich einen Stapel Reiseprospekte und einen Reisführer über Ischia, Capri und den Golf von Neapel.

Als ich mich auf das Bett hockte, knirschte es unter meinen Füßen. Auf dem Boden lag ein zerbrochener Bilderrahmen. Das Foto war brutal herausgerissen worden und ein Teil steckte noch darin. Der Kopf auf dem Bild war skalpiert worden.

Es war eindeutig nicht Henks Kopf. Der winzige Rest Papier zeigte mehr Haar, als Henk jemals besessen hatte. Es war auch kein Rahmen für eigene Porträts, sondern einer für den Nachttisch mit einem ausklappbaren Fuß auf der Rückseite. Solche Bildhalter waren für das Foto der Ehefrau gedacht, da man es zur Wand drehen konnte, wenn eine andere zu Besuch war.

Wie ich Henk kannte, hatte er ein Bild von seiner Babsi in dem Rahmen aufbewahrt. Die beiden Italiener hatten ihr Bild wahrscheinlich aber nicht an sich genommen, weil sie ihr Typ war. Bei aller Unhöflichkeit hatten der parfümierte de Niro und sein Killer mit der Gottesmutter auf dem Arm mir offenbar abgekauft, dass ich keine Ahnung hatte, wo er steckte. Also versuchten sie es bei seiner Freundin. Babsi war aus ihrer langjährigen Praxis mit Serienmorden sicher einiges gewohnt, aber ich war mir nicht sicher, ob sie sich einen kleinen Witz verkneifen konnte, wenn er gerade nicht recht passte.

Ich musste sie warnen.

»Barbara Bonneck. Sie können nach dem Piepton eine Nachricht hinterlassen«, informierte mich der Anrufbeantworter. »Sollte etwas Dringendes sein, dann erreichen Sie mich in der Leichenhalle der Uniklinik. Aber keine Sorge, mir geht es gut.«

Ich hoffte, dass das wirklich der Fall war. Als ich auflegte, fiel mein Blick auf Henks Aquarium. Ein riesiger Klotz aus Wasser und Glas mit wild wuchernden Wasserpflanzen darin und einem hässlichen Taucher aus Plastik, von dessen Helm Luftblasen aufstiegen. Sonst regte sich nichts. Wo war der Schwarm bunter Neonfische, auf den Henk so stolz war, seine lebend gebärenden Zahnkarpfen, schwarze, mollige Dinger, und die siamesische Saugschmerle, die ich ihm geschenkt hatte?

Sie alle und noch einige andere Bewohner des künstlichen Gewässers trieben mit dem Bauch nach oben an der Oberfläche. Einige waren bis zur Unkenntlichkeit verstümmelt, weil sie als Erste verendet waren und ihren hinterbliebenen Artgenossen als Nahrung gedient hatten. Henk, der die meisten von den Viechern mit Namen gekannt hatte, würde das einen Schock versetzen.

Die zwei stumpfen Typen, deren Leben darin bestand, für ihren Chef Leute zusammenzuschlagen, bevor sie sie abknallten, waren nicht dumm. Ohne es zu wissen, hatten sie Henks wunden Punkt gefunden: seine Fische. Besser konnten sie ihm nicht klar machen, dass sie nicht zu Scherzen aufgelegt waren. *Nur damit du siehst, wie es kleinen Fischen ergeht, wenn sie sich mit den großen anlegen,* teilten sie ihm mit.

Ich starrte die silbrig schimmernden Fischleichen an. Unschuldige kleine Geschöpfe, die niemandem etwas zuleide getan hatte. Man konnte nur hoffen, dass der Schlamassel, den mein Partner sich eingebrockt hatte, dieses Opfer wert war.

Bei mir zu Hause gab es kein Aquarium. Hin und wieder verschafften sich Mäuse Zutritt zur Wohnung und fraßen sich durch meine Schränke. Mein Vermieter, den ich um Hilfe in dieser Angelegenheit gebeten hatte, hatte sich kurzerhand auf die Seite der Nager geschlagen und behauptete, dass sie für ihn keine Schädlinge seien, sondern Haustiere.

Diesmal fand ich eine draußen vor der Türe. Sie war schon hart und jemand hatte sie in die Zeitung von heute eingewickelt und auf meine Fußmatte gelegt. Für mich bestand kein Zweifel daran, dass es die Fischmörder gewesen waren. Offenbar hatten sie kürzlich einen Mafia-Film im Kino gesehen und glaubten jetzt, mir mit dieser Art von Botschaft Angst einjagen zu können: *Die Katze sagt der Maus, ich weiß, wo du wohnst. Also glaube nicht, du kannst ihr entkommen.*

Ich warf die Zeitung mitsamt Inhalt in den Mülleimer. Wenn die wirklich glaubten, dass sie mich mürbe machen konnten, dann lagen sie damit gar nicht so falsch.

Als das Telefon klingelte, zuckte ich zusammen. Der Hörer rutschte mir aus der Hand und hätte beinahe die Fensterscheibe eingeschlagen.

Martens senior war dran. »Wie kommen Sie in dem Fall voran?«

»Ganz gut«, sagte ich automatisch und zerbrach mir dabei den Kopf, welchen Fall er meinte. Henk und seine Verfolger waren im Moment wichtiger. »Leider habe ich noch nichts Konkretes für Sie.«

»Haben Sie meinen Scheck erhalten?«

Über die blöde Maus in der Zeitung hatte ich meine andere Post ganz vergessen. Ich bedankte mich brav bei Martens und versprach, die Sache weiter zu verfolgen. Dann öffnete ich seinen Brief und zog einen Scheck über dreitausend Mark heraus.

Ich pfiff durch die Zähne und beschloss, mich in Zukunft auf eingebildete Mordfälle zu spezialisieren.

Glücklicherweise war meine Wohnung nicht angetastet, alles lag an seinem Platz. Trotzdem kam sie mir an diesem Abend lange nicht so gemütlich vor wie sonst. Ich beschloss, noch einen Spaziergang durchs Viertel zu machen.

Aber das Wetter ließ mich nicht. Es war kalt und abweisend und die wenigen Leute, denen ich begegnete, musterten mich unfreundlich, als sei ich dafür verantwortlich. Ich achtete darauf, um düstere Hauseingänge und Toreinfahrten einen Bogen zu machen. Immer wieder blieb ich stehen, weil ich glaubte, hinter mir Schritte zu hören. Aber selbst wenn da welche waren, warum sollten sie weitertappen, wenn ich ständig anhielt? Ich gab auf und verzog mich ins *La Mancha*, meine Stammkneipe, und bestellte etwas, das weder Fisch noch Fleisch enthielt. Heute Morgen noch hatte ich Martens junior belächelt, weil der sich wichtig machte, indem er blutige Mordgeschichten erfand. Jetzt war ich selbst so weit, dass ich mich nicht mehr traute, den Staubsauger aus dem Schrank zu nehmen, weil ich fürchtete, dass hinter der Tür ein sizilianischer Killer lauerte.

Statt mich über Tilo lustig zu machen, sollte ich ihn anrufen und vorschlagen, mit ihm zusammen eine Selbsthilfegruppe zu gründen.

Mattau hatte mir nahe gelegt, Tilo an einen Psychodoktor zu überweisen. Abgesehen davon, dass sein Vater davon nichts wissen wollte und lieber mich engagiert hatte, obwohl die Krankenkasse mein Honorar nicht übernahm, war die Frage, ob ihm das wirklich etwas bringen würde.

Jeder wünschte sich Zuneigung, das konnte man sich entweder für teueres Geld von einem Psychologen sagen lassen oder einer x-beliebigen Illustrierten in seinem Wartezimmer entnehmen. Zuneigung, Anerkennung, Urvertrauen – diese Dinge hatten in der Psychologie ungefähr den Stellenwert, den in der wirklichen Welt ein schickes Auto oder eine tolle Figur belegten. Da alle davon träumten, aber kaum jemand sie bekam, gab es auf der Welt die verschiedensten Strategien, sie sich zu verschaffen. Man konnte sich brav an den Start begeben und mit hechelnder Zunge durch das Leben hasten, immer weiter wie eine Bombe, die ihrer eigenen Detonation hinterhertickte. So wurde man ein Star wie Tilos Schwester. Ihr Vater hatte nur Lob für sie.

Oder man erfand abstruse Geschichten, machte sich zum Opfer von Intrigen und zum Ziel schwarz gekleideter Herren, die vor dem Grundstück lauerten, so wie Tilo. Dann schickte sein Vater nach einem Privatschnüffler, um die Sache vom Hals zu bekommen.

Ich fragte mich, zu welchen Mitteln ich greifen würde,

wenn ich um jeden Preis die Aufmerksamkeit eines Menschen gewinnen wollte. Vielleicht würde ich mir auch eine haarsträubende Geschichte ausdenken, in denen es von blutigen Leichnamen wimmelte. Die Toten, von denen ich berichten würde, wären durch die Bank völlig unbekannte Leute und es würde keine Möglichkeit geben, sie nachträglich zu identifizieren. Das würde nicht schwer sein, entweder wären ihre Gesichter bis zur Unkenntlichkeit entstellt oder ich würde es einfach nicht wagen, die Decke zurückzuschlagen, unter der sich der grausige Fund verbarg. Außerdem würde ich mich nie genau an den Zeitpunkt des Fundes erinnern.

Niemals aber würde ich den Fehler machen, den Ermordeten wieder zu erkennen. Schon gar nicht als den Freund meiner Schwester, mit der ich eine Wohnung teilte, auch wenn die Wohnung so groß war, dass ich sie mit mehr Schwestern teilen könnte, als man in einem mittelgroßen Kloster antraf. Denn ich wüsste ja, dass besagter Freund quicklebendig war und dass ich mich mit dieser Geschichte bei keinem wichtig machen konnte, sondern höchstens lächerlich.

Genau das hatte Tilo Martens aber getan.

»Hat sich Henk mal hier sehen lassen?«, fragte ich Jiorgos, den Wirt, während ich zahlte.

Er zuckte mit den Schultern. »Er hat vor ein paar Tagen angerufen und wollte wissen, ob irgendwer nach ihm gefragt hat. Tja, das hast du ja jetzt gemacht.«

»Weißt du zufällig, von wo aus er angerufen hat?«

»Woher soll ich das wissen, Kittel? Er hat's mir ja nicht gesagt.«

»Stimmt so«, sagte ich und schob ihm einen Zwanziger hin. »Falls er auftaucht, sag ihm doch, er soll sich bei mir melden, ja?«

Jiorgos grinste breit. »Das könnte dir so passen, Kittel.«

»Wieso denn nicht?«

»Den Zwanziger meine ich. Es waren dreißig, nicht

dreizehn. Du hattest immerhin vier große Kölsch und dann war da noch der Salat und ...«

»Schon gut, war keine Absicht.«

»Aber schon das dritte Mal. Sieht mir verdammt nach einer Masche aus.« Jiorgos kramte umständlich Münzen hervor, um mir auf fünfzig Mark herauszugeben. »Wenn du Henk triffst, sag ihm bitte, er hat noch einen Skalar von mir.«

»Selbst schuld, Jiorgos. Wenn du ihm Klamotten leihst, dann siehst du sie nicht wieder.«

»Skalare sind keine Klamotten«, belehrte er mich kühl, »sondern Fische.«

Mir wurde übel. »Seit wann verleiht man die denn?«

»Henk hat ein Männchen, ich ein Weibchen. Wir wollten zusammen Kinder haben.«

»Schön blöd«, witzelte ich. »Stattdessen kam das Tankerunglück und dann das große Fischsterben.«

»Welches Tankerunglück?«

»Vergiss es, Jiorgos. Ich werd's ihm ausrichten.«

7

»Wissen Sie, wie viel Uhr es ist?«

Er war schon der Zweite, der mich danach fragte.

»Ich habe mir die Sache durch den Kopf gehen lassen«, sagte ich, »und finde, wir sollten noch mal drüber reden.«

Tilos unerwartetes Niesen ließ mich zusammenzucken. Wahrscheinlich hatte er den Hörer nicht vom Mund weggehalten.

»Und warum jetzt und nicht heute Vormittag?«

»Von mir aus auch heute Vormittag. Aber das ist ja wohl lange vorbei oder nicht?«

Er hörte sich verschnupft an. Unser Telefongespräch dauerte länger als nötig, weil er alle zwei Sekunden eine Pause einlegte, um sich ausgiebig zu schnäuzen. Dabei machte er ein Geräusch, das sich nach Großwild in der afrikanischen Savanne anhörte. Bevor er einwilligte, betonte er mehrmals, dass er das Haus nicht verlassen wollte, um sich eine Lungenentzündung zu ersparen, die für ihn den Tod bedeuten würde.

Wir trafen uns in einer Kneipe um die Ecke. Um diese Zeit gab es nur noch ein paar Nachtschwärmer, und die übliche gehirnzerstäubende Musik war auf ein erträgliches Maß gesenkt.

Es war düster in dem Lokal. Der Zigarettenqualm einer ganzen Nacht machte die Luft stickig und nahezu undurchsichtig. Trotzdem brauchte ich nicht lange nach Martens zu suchen. Sein Schnäuzen, das die Musik mühelos übertönte, lotste mich an seinen Tisch wie ein akustisches Leuchtfeuer.

Martens hatte den Kragen seines schweren Mantels hochgeschlagen und einen endlos langen Schal um den Hals gewickelt. Er sah aus, als sei er gerade von einer Polarexpedition zurück und noch nicht dazu gekommen, sich umzuziehen.

»Sie glauben mir doch immer noch nicht«, brummte er mich an.

»Okay, machen wir einen Handel«, schlug ich vor. »Ich tue so, als glaubte ich Ihnen, und Sie tun so, als hätten Sie mir nur eine Geschichte erzählt.«

Er schüttelte den Kopf. »Jemand will mich reinlegen.«

»Aber Sie haben keinen Verdacht, wer das sein könnte.«

»Natürlich nicht.«

»Der Kommissar erwähnte, dass Sie ihm einen Mord gemeldet haben, bei dem Sie Zeuge waren.«

»Ich war nicht Zeuge. Als ich kam, war es bereits passiert. Aber der Täter war noch in der Wohnung.«

»Sie hatten ihn vorher natürlich noch nie gesehen.«

»Ich habe ihn überhaupt nicht gesehen. Ich habe ihn gehört.«

»Aber den Toten kannten Sie. Es war der Freund Ihrer Schwester.«

Er nickte. »Heino Hendrix. Ich habe seine Leiche im Flur entdeckt. Bin geradezu drüber gestolpert, als ich reinkam.«

»Und dann war er plötzlich wieder am Leben. Hat Sie das nicht stutzig gemacht?«

»Was meinen Sie damit?«

»Ich meine, dass Sie der Polizei kaum verdenken können, dass sie in einem solchen Fall misstrauisch wird. Wenn der Ermordete darauf verzichtet, Anzeige zu erstatten, können sie eben nichts machen.«

»Schon gut.« Er machte Anstalten aufzubrechen.

»Sie wollen schon wieder gehen?«

»Es war ein Fehler herzukommen. Als Sie anriefen, wollte ich mich gerade mit einer Wärmflasche ins Bett legen. Das habe ich jetzt davon. Sie halten mich für verrückt, und wenn ich nach Hause komme, ist die Flasche kalt.«

»Dann bleiben Sie eben noch und erzählen Sie mir der Reihe nach, was ich Ihnen nicht glaube.«

»Kann ich euch was zu trinken bringen?«, fragte die Kellnerin, die skeptisch mitverfolgte, wie sich Tilos Taschentücher auf dem Tisch auftürmten.

»Für mich noch ein Bier«, bat ich.

»Und Sie?« Die Frau wartete, bis Tilos Gesicht aus dem Taschentuch auftauchte.

Es sah zerknirscht und vorwurfsvoll aus. »Ich habe meine Nasentropfen nicht dabei«, gab Tilo zu bedenken.

»Sie können hier auch was anderes trinken«, erklärte ich.

»Na gut. Einen heißen Tee, bitte. Kamillentee.«

»Tut mir Leid.« Das Mädchen verdrehte die Augen. »Wir sind hier nicht die Uniklinik.«

»Dann einen Zitronentee. Aber ohne Zucker, bitte.«

»Also wie war das mit dem ersten Mord?«, wollte ich wissen.

»Es ist drei Wochen her. Ich kam abends nach Hause. In Kims Teil der Wohnung war Licht, also glaubte ich, dass sie zu Hause sei.«

»Ihre Schwester.«

»Mit ihr wohne ich zusammen. Weil mein Vater meint, sie könne auf mich aufpassen.« Er grinste selbstmitleidig und zog die Nase hoch. »Im Flur war kein Licht. Ich trat ein, und noch bevor ich den Lichtschalter gefunden hatte, stolperte ich über etwas Weiches. Es waren zwei Beine, die Beine eines Mannes, der in einen gelben Sack eingeschnürt war.«

»Also haben Sie das Gesicht des Mannes gar nicht sehen können.«

»Ich habe nur seine Beine gesehen, weil die Plane aufging, als ich darüber fiel. Und dann hörte ich Schritte – ich habe gemacht, dass ich wegkam. Eine Woche später habe ich Blutflecken im Bad entdeckt und einen Revolver gefunden.«

»Den haben Sie dann Ihrem Vater anvertraut.«

»Weil er mir nicht glauben wollte! Mit dem Ding hatte ich etwas Handfestes. Aber er wollte das Blut sehen und das war plötzlich nicht mehr da.«

»Wieso glaubten Sie, der Tote sei Hendrix?«

»Ich dachte, er ist es ... wer sollte es denn sonst sein? Ich hatte seinen Wagen auf der Straße gesehen, direkt vor dem Haus geparkt. Und dann das Licht in der Wohnung. Er besaß einen Schlüssel. Es war nicht das erste Mal, dass er eine Nacht dort verbrachte, auch wenn Kim nicht da war.«

»Was hat Ihre Schwester dazu gesagt?«

»Nichts. Sie hat mich ausgelacht. Aber das tut sie immer. ›Das hättest du wohl gerne‹, hat sie gemeint.«

»Und, hätten Sie's gerne?«

»Er ist mir nicht gerade sympathisch. Ein Angeber. Genau das Richtige für Kim.«

»Mit ihr verstehen Sie sich also auch nicht besonders.«

Tilo schniefte. »Im Grunde ist sie ein netter Kerl. Sie zeigt es nur nicht so.«

»Nehmen wir also an, jemand will Sie reinlegen. Dann stellt sich die Frage, wem es etwas bringen würde, wenn

Sie als Idiot dastehen. Bedenken wir auch, dass es Hunderte von Möglichkeiten gibt, einen Mann lächerlich zu machen.«

Tilo nickte bestätigend und entfaltete eins von seinen bereits benutzten Taschentüchern. Zu spät bemerkte er, dass er die falsche Seite angefasst hatte.

Ich reichte ihm ein unbenutztes. »Was dich angeht«, dachte ich, »gibt es Tausende.« »Wieso versucht er das ausgerechnet mit eingebildeten Leichen?«

Er nahm einen Schluck aus der Tasse, die inzwischen vor ihm stand, und verzog den Mund. »Der Tee ist sauer.«

»Kein Wunder«, sagte ich. »Ist ja auch kein Zucker drin.«

»Ich habe sie mir nicht eingebildet«, widersprach Martens. »Mit meinen eigenen Augen habe ich die Toten gesehen. Damals den im Flur und heute den in meinem Bett.«

»Also gut, stellen wir das zurück.« Ich hob beschwichtigend die Hände. »Können Sie sich irgendjemanden denken, der Ihnen was anhängen will? Sind Sie einem auf die Füße getreten?«

Tilo Martens hatte sich den Rotz von den Fingern gewischt und nahm einen davon, um auf mich zu zeigen. »Heißt das, dass Sie mir jetzt glauben?«

In seinen vom Schnupfen geröteten Augen lag Erwartung, aber ich bemerkte auch einen Anflug leichter Enttäuschung, wie bei einem leidenschaftlich Leidenden, der sich auf die ärztliche Nachricht vorbereitete, dass ihm jetzt nichts mehr fehlte.

»Ob ich Ihnen glaube, ist nicht die Frage«, wich ich aus. »Ihr Vater hat mich beauftragt, herauszufinden, wieso ihn eine seltsame schwarze Gestalt terrorisiert, und dabei die Vermutung geäußert, dass diese Gestalt etwas mit Ihnen zu tun hat. Also versuche ich ...«

»Die Vermutung geäußert!«, äffte er mich nach. »Die Vermu-« Er holte ausgiebig Luft, ließ langsam den Mund aufklappen, dass ich Sorge hatte, er würde ersticken. Dann, völlig unvorbereitet wie ein atomarer Erstschlag, traf mich sein gewaltiger Nieser. Der Boden vibrierte, der Kellnerin, die am mindestens fünf Meter entfernten Tresen stand, fiel ein Glas aus der Hand und in den Tabakschwaden hingen noch für ein paar Augenblicke Kondenströpfchen.

»Dann unterhalten Sie sich doch mit meinem Vater«, stieß er mit nasaler Stimme hervor. »Der kann Ihnen immer alles ganz genau sagen.«

Wenigstens brauchte man sich nach einer Unterhaltung mit ihm anschließend das Gesicht nicht zu waschen.

»Hören Sie doch endlich damit auf, sich selbst Leid zu tun«, bat ich ihn unfreundlich, denn ich hatte das vage Gefühl, dass er den Inhalt seiner Nase nicht unabsichtlich auf mich abgefeuert hatte. »Wenn Ihnen niemand einfällt, dem Sie auf die Füße getreten haben oder der sauer auf Sie ist, dann fällt mir niemand ein, der Ihnen was anhängen könnte. Vielleicht sollten Sie es ja mal mit was anderem als mit Wärmflaschen versuchen.«

Tilo zuckte zusammen und warf mir einen vernichtenden Blick zu. So sah die Grippe in Menschengestalt aus, die sich ihr Opfer suchte. »Was mache ich eigentlich hier?«, fragte er sich. »Ich sollte längst weg sein.«

Dieser Gedanke war mir auch schon gekommen. Aber mir fiel der Vorschuss über dreitausend Mark ein, den ich nicht aufs Spiel setzen konnte, weil mein Partner möglicherweise in einer Lage war, in der ich ihm mit Geld aushelfen musste.

»Immerhin bezahlt mich Ihr Vater dafür«, hielt ich ihn auf, »dass ich Ihnen glaube.«

Tilo war noch nicht ganz aufgestanden, als er zum zweiten Mal ausholte. Ich schaffte es gerade noch, hinter meinen Ärmeln in Deckung zu gehen.

»Tut mir Leid«, entschuldigte er sich. »Aber mein Abwehrsystem spielt verrückt.«

»Also, wie ich das sehe, funktioniert es hervorragend.« Ich wollte mir eins von seinen Taschentüchern borgen, aber es waren nur noch gebrauchte darunter. »Nur verstehe ich nicht, wieso es sich gegen mich richtet.«

Martens setzte sich wieder. »Ich habe wirklich keine Ahnung, wer dahinter stecken könnte.«

»Wenn man zum Beispiel bedenkt, dass der Schauplatz in beiden Fällen derselbe war«, überlegte ich. »Wäre es möglich, dass Ihre Schwester etwas damit zu tun hat?«

Tilo schnaufte. »Nur, weil ich zugegeben habe, dass wir uns nicht so besonders gut verstehen?«

»Nur, weil sie genau wie Sie in dieser Wohnung lebt.«

»Kim hat nur ihre Karriere im Kopf. Nichts als Tennis. Außerdem würde die sich schon bei dem bloßen Gedanken an Blut übergeben. Warum sollte ausgerechnet sie ...« Er grinste ungläubig. »Nein, wenn Sie sie kennen würden, dann würden Sie das auch sagen.«

»Vielleicht.«

»Dazu kommt, dass sie fast nie da ist. Ständig ist sie auf irgendwelchen Turnieren. Eigentlich sehen wir uns kaum. Wir ...«

Er begann zu husten. Erst trocken und stoßweise, fast rhythmisch. Es klang wie ein Außenbordmotor mit Startschwierigkeiten. Aber innerhalb weniger Sekunden hatte ihn das Keuchen im Griff, zerrte ihn hin und her wie eine willenlose Marionette. Tilos Augen traten hervor, er begann zu röcheln und dann grollte und detonierte es in seinem Brustkasten.

Zwei Typen näherten sich unserem Tisch in dem verräucherten Halbdunkel und mir stockte der Atem, weil sie italienisch und auf gepflegte Weise brutal aussahen. Der eine nuckelte an einem Zigarillo und der andere kaute auf einem Kaugummi herum.

»Hör mit der Husterei auf, verdammt noch mal, du lockst sie nur her!«, bettelte ich im Stillen. Aber Tilo hatte längst die Kontrolle über sich verloren, der Husten war zum heiseren Brüllen geworden und hatte sich in seinem

Hals verschanzt, um von dort aus blind um sich zu feuern.

Erst als die beiden neben unserem Tisch standen, legte er eine Pause ein. Tilo japste erschöpft. Sein Gesicht leuchtete wie eine Tomate.

»So 'n Husten, eh, dä kann dich richtich fertich machen«, sagte der eine.

Der andere nickte mitfühlend. »Ehrlich, nä, dat is kein Spaß.«

Ich atmete auf. Die Jungs hatten so wenig mit Italien gemein wie Sophia Loren mit einem Funkenmariechen.

»Wenn de mich frags«, riet sein Kumpel, »da hilft nur heißes Kölsch mit Honig. Abends vorm Schlafenjehen. Hört sich jräßlich an un et schmeckt auch jräßlich. Aber ein Glas und du bis wie neu.«

»Das ist kein normaler Husten«, erklärte Tilo. »Der kommt immer aus heiterem Himmel und geht nach ein paar Stunden wieder weg.«

»Kenn ich«, sagte der eine. »Hatte ich auch schon.«

»Schmeckt jräßlich, aber hilft«, kam der andere auf sein Rezept zurück.

»Janz sicher.«

»Ich hab das mal mit heißer Milch versucht«, gab Tilo zu. »Heiße Milch mit Honig. Aber das war leider kein Erfolg.«

»Antibiotika jedenfalls kannse komplett verjessen. Da wird alles nur schlimmer von.«

»Zahlen!«, rief ich der Kellnerin zu. Aber sie nahm mich nicht zur Kenntnis. Also ging ich zum Tresen und zählte ihr das Geld hin.

»Wenn et jräßlich schmeckt, dann muss et ja irj'nzwie helfen, sach ich immer.«

Tilo Martens bekam gar nicht mit, dass ich mich auf den Weg machte. Als ich in die Nacht hinaustrat, nahmen er und seine neuen Kumpels sich gerade das Thema Sodbrennen vor.

8

Bis kurz nach Mittag wartete ich darauf, dass Henk sich meldete. Es dauerte lange bis dahin, viel länger als sonst, denn das Warten ließ die Zeit, die einem sonst durch die Finger rann, dickflüssig werden und klebrig. Man sah bis zu fünfzigmal in der Minute auf die Uhr und hatte nicht selten den Eindruck, dass sich seit dem letzten Mal der Sekundenzeiger nicht bewegt hatte. Außerdem hatte ich mir den falschen Tag zum Warten ausgesucht. Der Sonntag hatte schon genug Freizeit zu bewältigen, die planlos vertrödelt werden musste.

Gegen drei Uhr hielt ich es nicht mehr aus und fuhr in die Südstadt hinunter, um Tilo einen Krankenbesuch abzustatten. Seit einer halben Stunde hatte sogar die Sonne einen freien Platz am Himmel gefunden und lockte die nach Beschäftigung dürstenden Bewohner aus ihren Behausungen. Die Straßen hallten wider vom Klingeln der Fahrräder, die die Fußgänger von der Straße jagten.

Auf mein Klingeln dagegen geschah nichts. Entweder hatte Tilo Martens mit seinem Leiden so schamlos übertrieben, dass er jetzt auf einer Parkbank herumlungerte und sich eine Portion Pommes zu Gemüte führte, oder die Sache war wesentlich ernster, als ich gedacht hatte. Da die Haustür nur angelehnt war, lief ich hinauf in die noblen Gefilde des Hauses und versuchte es an der Wohnungstür noch einmal.

Mein Fuß berührte gerade wieder die erste Treppenstufe, als sich die Tür hinter mir öffnete. Sie öffnete sich gerade so weit, dass ein Kopf hindurchpasste. Es war der Kopf einer Frau, die mit einer Hand einen gelben, flauschigen Morgenmantel direkt unter dem Kinn zusammenhielt, als sei der Hals ihr intimstes Körperteil.

»Frau Martens?«, fragte ich.

Sie musterte mich unfreundlich. »Was wollen Sie?«

»Mein Name ist Kittel. Ich wollte eigentlich zu Ihrem Bruder ...«

Die Tür gab ein wenig nach und den Blick auf den Rest des Morgenmantels frei, der Kim Martens gerade über die Oberschenkel reichte. Es war wohl eher eine Morgenjacke.

»Sie sind der Privatdetektiv. Mein Vater hat von Ihnen gesprochen.« Diese Tatsache schien sie nicht freundlicher zu stimmen.

»Darf ich ...«

»Meinem Bruder geht es leider nicht gut. Er liegt mit einer Grippe im Bett.«

Ich zeigte ein Lächeln. »Genau deswegen wollte ich ihn ja besuchen.«

So viel Anständigkeit konnte sie nicht die kalte Schulter zeigen. Sie öffnete und geleitete mich den langen Flur entlang zu Tilos Schlafzimmer. Nachdem sich nach dreimaligen Klopfen nichts gerührt hatte, schüttelte sie den Kopf. »Tut mir Leid. Aber Sie sehen ja, er schläft.«

Offenbar hielt sie es nicht für nötig nachzuprüfen, ob Tilo seiner Krankheit möglicherweise erlegen war.

»Könnte ich vielleicht kurz mit Ihnen sprechen?«

»Mit mir?«

Kim hatte sich schon zu ihrem Teil der Wohnung aufgemacht. Sie blieb stehen und drehte sich um. »Jetzt gleich? – Ich hatte mich gerade etwas hingelegt ...«

In der Tat machte sie einen verschlafenen Eindruck. Die Wangen waren blass und einige Strähnen ihres langen, blonden Haars hingen ihr ins Gesicht. Das letzte Tennisturnier hatte Spuren hinterlassen. »Also gut, kommen Sie.«

Ich folgte ihr eine kleine Weltreise den Flur entlang. Schon wenige Schritte hinter der Biegung traten wir nach links in einen großen, lichtdurchfluteten Wohnraum, dessen fünf Fenster einen beeindruckenden Ausblick auf den Rhein boten.

»Bitte, warten Sie einen Moment hier«, sagte Kim.

Gegenüber auf dem Flur öffnete sich eine Tür und ein älterer Mann schaute heraus. Er machte einen abgehetzten Eindruck.

»Wo bleibst du denn ...?«, wollte er wissen. Dann bemerkte er mich und nickte mir mit einem dünnen Lächeln zu. Auch er hatte sich wohl etwas hingelegt und ich war nicht gerade im passenden Moment aufgekreuzt.

Fast zwanzig Minuten verbrachte ich damit, Schiffe zu zählen und auf der Eisenbahnbrücke die Wagen der Züge. Beinahe wollte ich damit aufhören, denn die Wagen nahmen kein Ende und es schien so, als sei der letzte Wagen mit dem ersten verkoppelt. Aber das Zählen lohnte sich.

Denn als ich fertig war, betraten zwei völlig andere Menschen den Raum. In dem üppigen, schwarz-weiß eingerichteten Badezimmer musste es einen Brunnen mit einer Wunderquelle geben, in der die beiden gebadet hatten, nachdem sie nicht nur ihre Kleidung, sondern auch ihre Alltagskörper abgelegt und sich in ihre eigenen Wunschbilder verwandelt hatten. Keine Falten mehr, keine blassen Wangen, keine Strähnen, die in ein abgehetztes Gesicht hingen.

Kim Martens Outfit verriet auf den ersten Blick, dass sie nichts dem Zufall überließ. Ihr blondes, perfekt frisiertes Haar kontrastierte hervorragend mit einem leicht gebräunten Teint, der wiederum genau abgestimmt war auf den brombeerfarbenen Lippenstift. Kim entsprach in allem den gängigen Modelstandards. Die Maße ihrer Taille, der Brustumfang, die durchschnittliche Wimpernanzahl – mit Sicherheit stimmte alles millimetergenau. Aber genau deshalb war sie nicht Aufsehen erregend. Perfekten Frauen begegnete man täglich hundertfach im Kiosk an der Ecke, in jedem Fernsehkanal, in jeder erdenklichen Werbung.

Der ältere Herr, der eben noch müde den Kopf aus ihrem Schlafzimmer gesteckt hatte, existierte nicht mehr.

Stattdessen machte ich die Bekanntschaft Heinos, Kims Lebensgefährten.

Hätte ich nicht inzwischen gewusst, dass Heino Hendrix mit dem Bücherschreiben Geld machte, hätte ich ihn für einen Immobilienmakler gehalten oder für einen Kollegen von Martens, dem Betriebsberater. Aber das lag wohl daran, dass in meinem Kopf verstaubte Bilder herumspukten, die schon seit meiner Kindheit dort hingen. Der Nikolaus war ein Mann mit langem, weißem Bart, und wenn er parfumiert und in Bermudashorts daherkam, dann war er für mich kein Nikolaus mehr. Ein Schriftsteller trug eine dicke, wenig kleidsame Brille, kaute mit einem skeptisch nachdenklichen Gesichtsausdruck auf einer Pfeife herum und hatte einen verwaschenen Hemdkragen und fettiges Haar. Wenn er überhaupt in den Spiegel sah, dann nur, um einen Pickel auszudrücken.

Hendrix war nicht mehr der Jüngste, möglicherweise der gleiche Jahrgang wie Kims Vater. Aber wie alle, die heutzutage mithalten wollten, bemühte er sich redlich, den Anschein zu erwecken, die Uhr laufe für ihn rückwärts. Komme, was wolle, er war immer gut drauf wie ein US-Präsident, der selbst im fortgeschrittenen Alter gezwungen war, seinen Wählern zuliebe in kurzen Hosen auf dem Sportplatz zu trainieren.

Während ich seine weiche Hand schüttelte, sprach er das Wort ›Privatdetektiv‹ vor sich hin, als stamme es aus einem längst vergessenen Märchen. Sonst hielt er sich zurück und schien nur dazu gut zu sein, dass sich Kim Martens an ihn schmiegte, während sie sich mit mir unterhielt.

»Ich wüsste gerne«, sagte ich, »was Sie von den – Schwierigkeiten halten, in denen Ihr Bruder steckt.«

Mit einer ruckartigen Kopfbewegung beförderte sie ihr Haar nach hinten. »Mein Bruder ist sehr sensibel«, erklärte sie kühl. »Er reagiert oft panisch, wenn ihm eine Situation entgleitet. Und das passiert leider häufiger.

Wäre ich gestern nicht gewesen, er wäre völlig hilflos gewesen.«

Ich wunderte mich. »Ich war gestern da. Aber Sie habe ich nicht gesehen.«

»Ich war in Hamburg, da hatte ich ein wichtiges Match. Aber er hat mich angerufen, noch bevor er die Polizei verständigte. Und ich habe gesagt, er soll ruhig bleiben. Ich habe ihm die Nummer der Polizei gegeben. In seiner Panik war er unfähig, sie herauszusuchen.«

»Und was sagen Sie dazu, dass alles nur Spaß war?«

»Es war kein Spaß. Für ihn war es blutiger Ernst.«

»Aber wo ist das Blut?«

Sie ließ den Kopf zur Seite sinken und strich das Haar mit einem leichten Kopfschütteln aus der Stirn. Ihre Augen verschwanden für eine Weile unter den langen Wimpern, ohne sich zu verabschieden.

»Halten Sie ihn nicht für einen Idioten«, warnte sie mich mit ihrer hohen Stimme.

»Das tue ich ja nicht.«

»Ich finde doch. Er hat eine blühende Phantasie, und deshalb hat mein Vater Sie gemietet, damit Sie ihm bestätigen, dass er nicht richtig im Kopf ist.«

»Man mietet Detektive nicht.«

Hendrix mischte sich ein. »Er hat Recht, mein lieber Schatz. Man engagiert sie, heuert sie an. Oder setzt sie auf einen Fall an.«

»Danke«, sagte ich.

Wieder schenkte er mir ein gnädiges Nicken. »In einem meiner nächsten Bücher wird es einen Detektiv geben«, erklärte er generös. »Sie wissen schon, so einen ungepflegten mit alten Klamotten und einer Schnapsflasche in der Tasche, der ständig pleite ist.«

»Das, was Sie beschreiben«, gab ich zurück, »ist ein Schnüffler. Ich habe selbst so einen zu Hause.« Ich wandte mich wieder an Kim. »Sie sind also der Meinung, dass er sich diese Geschichten nicht einbildet?«

Sie musterte mich spöttisch. »Ich bin der Meinung«,

verbesserte sie mich, »dass es nicht verboten ist, sich Geschichten einzubilden.«

»Aber warum tut er das?«

»Weil sein Vater ihn nicht ernst nimmt. Er hat mich immer vorgezogen und ihm als Beispiel vorgesetzt.«

»Warum schmeißt er Sie dann nicht raus?«

Ein einsilbiges Lachen entfuhr ihr, das weit über ihre Stimmlage kam. Sie warf den Kopf dabei hoch und es sah aus, als habe sich das Lachen gewaltsam den Weg aus ihr hinaus gebahnt.

»Ihr Bruder glaubt, dass ihm jemand etwas unterschieben will. Und Ihr Vater scheint auch dieser Meinung zu sein.«

Hendrix schob sich sanft hinter Kim weg. »Wenn wir die Sonne noch ausnutzen wollen, mein lieber Schatz, dann sollten wir los.«

Er zeigte mit dem Finger auf mich. »Der Detektiv in meinem Buch kommt auch hinter so eine Geschichte. Jemand will einem anderen etwas unterschieben. Nur, was ...?«

»Immerhin«, fuhr ich, an den lieben Schatz gewandt, fort, »gibt es diesen schwarz gekleideten Herrn, der ihm das Leben schwer macht, und der entstammt nicht Tilos reger Phantasie. Haben Sie vielleicht eine Idee, worauf dieser Mann hinauswill?«

Kim Martens spitzte ihren brombeerfarbenen Mund. »Ich kann Ihnen nicht sagen, wie Sie Ihre Arbeit tun sollen. Aber um Tilo etwas anzuhängen, müsste es jemanden geben, der Angst vor ihm hat. Ich kann mir keinen vorstellen.«

»Bei Ihrem Vater könnten Sie das aber?«

»Es wäre immerhin vorstellbar.«

»Aber warum setzt er dann einen Detektiv auf seine eigene Spur?«

»Ich habe nicht gesagt, dass die Spur zu ihm führt. Nur, dass es jemanden geben könnte, der diesen Anschein erwecken will.«

»Ich werde mich umziehen«, verabschiedete sich Hendrix und nickte mir ein letztes Mal zu.

»Denken Sie dabei an etwas Bestimmtes?«, fragte ich. »Zum Beispiel an den Fall Mölling?«

»Tut mir Leid.« Kim sah auf die Uhr. »Ich werde jetzt noch ein bisschen trainieren. Falls Sie warten wollen, bis mein Bruder aufwacht ...«

Auf die Rheinbrücke fuhr wieder ein Güterzug auf. Also blieb ich noch ein wenig, um Waggons zu zählen. Kims Parfum hielt den Raum, den sie eingenommen hatte, noch besetzt, als das Pärchen längst am Rhein entlangjoggte.

Leute wie sie vergeudeten ihr Leben nicht. Während andere ihre Zeit damit totschlugen, sich über ihr Zukurzgekommensein zu beschweren, fanden sie frühzeitig ihre Stärken heraus und setzten optimal ihre Fähigkeiten ein. Sie hatten keine Zeit, sich zu beschweren. Ständig waren sie eingespannt und sämtliche Freizeit ging für das Training drauf. Denn nur wer seine Ellbogen trainierte, hatte eine Chance, sich in der großen Schlange des Lebens nach vorne zu drängeln.

Ich dagegen hatte schon viel Zeit vergeudet und fragte mich, ob ich Kim beneidenswert fand. Ob ich Frauen bewunderte, deren Schönheit nur ein Nebenprodukt ihres Fleißes war. Es lohnte nicht, von ihnen zu träumen, denn sie hatten keine Zeit für romantische Abende am Kamin, obwohl sie sich ein Dutzend Kamine leisten konnten.

Vielleicht hatten sie Recht damit. Das Leben war kurz genug und für sie war es noch kürzer, weil es nur so lange als solches zählte, wie sie jung und topfit waren. Die zweite Hälfte ihres Lebens ging für die anstrengende Illusion drauf, es bestünde aus zwei ersten Hälften.

Bevor ich ging, klopfte ich noch ein paar Mal an Tilos Schlafzimmertür. Keine Reaktion erfolgte.

Neben der Tür an der Wand klebte ein Poster, auf dem ein langes, blutiges Messer abgebildet war:

FÜR EINEN GARANTIERT TRÄNENREICHEN ABEND: R. BLOCHS DRAMA ›PSYCHO‹ IN EINER VÖLLIG NEUEN INSZENIERUNG VON RUDI KASOLASKO IN DER WEINSTUBE. PREMIERE AM 24.2.97.

Unter dem Messer war ein grobkörniges Schwarzweißfoto, das das Ensemble zeigte. Einer der Leute sah Tilo Martens sehr ähnlich, aber ich konnte nicht sagen, ob er es wirklich war. Möglicherweise rührte die Ähnlichkeit auch daher, dass der Mann auf dem Foto ein Taschentuch in der Hand hielt.

9

Am Montagmorgen erhielt ich endlich ein Lebenszeichen von Henk.

Es war eine Ansichtskarte, die allerdings keine Landschaft zeigte, sondern einen im Sinken begriffenen Luxusliner namens *Titanic.*

Kann dir alles erklären, schrieb mein Partner, *keine Sorge, ich melde mich wieder. Bleib ruhig.*

Die Karte war in Mönchengladbach abgestempelt worden, was bedeuten konnte, dass Henk auf dem Weg in die Niederlande war oder von dort kam. Ansonsten enthielt sie keinerlei Hinweise auf seinen Aufenthaltsort.

Vermutlich hatte er die Karte nicht ausgewählt, weil er für jenen Hollywood Schinken schwärmte, der zurzeit weltweit Millionen von Teenagern dahinschmelzen ließ, als sei der Film ein ökologisches Großprojekt, das mit der Tränenproduktion im großen Stil einen Beitrag zur Lösung des globalen Trinkwasserproblems leisten wollte. Henk gab mir damit zu verstehen, dass er in echten Schwierigkeiten steckte, aber noch lange nicht abgesoffen war.

Natürlich war mir klar, dass dieses Lebenszeichen kein

Beweis dafür war, dass Henk noch am Leben war. Es besagte nicht mehr und nicht weniger, als dass er vor ein paar Tagen noch gelebt hatte.

Höchste Zeit, den Fall Martens so schnell wie möglich abzuschließen. Dann hatte ich die Hände frei für Henk und Geld genug, um sein Büro zu restaurieren und ihm neue Fische zu kaufen. Falls alle Stricke reißen sollten, konnte ich ihm immer noch eine Beerdigung spendieren, die es in sich hatte.

Leider hatte mir Melanie Storck außer ihrer Geringschätzung weder Adresse noch Telefonnummer verraten. Wie sollte ich sie also auftreiben? Von ihr besaß ich nicht einmal eine Ansichtskarte.

Aber es gab eine schwarz gekleidete Person, die mich – falls meine Berechnungen zutrafen – zu ihr bringen konnte. Ich kannte zwar nicht die Identität dieser Person, geschweige denn ihren Wohnort, dafür aber ihren Arbeitsplatz. Ein in übertriebener Weise gepflegter, aber dennoch langweiliger Vorgarten in einer Gegend, die nicht einmal Desperados angelockt hätte, wenn man hier Gold gefunden hätte.

Das Wetter war für die Spukgestalt die ideale Kulisse. Nässe ließ die Straßen glänzen, die Büsche tropften unaufhörlich und eine Andeutung von Nebel hatte sich bis in den Nachmittag in den Vorgärten und bei den Bushaltestellen herumgedrückt als Hintergrund für eine schwarze Silhouette, die der finstere Bösewicht einer Edgar-Wallace-Verfilmung sein konnte.

Ganz umsonst gab ich mir Mühe, mich an das Grundstück heranzuschleichen. Der Hausherr selbst hatte den Geist, falls er heute überhaupt hatte erscheinen wollen, längst verjagt. Mit einem eleganten farbenfrohen Freizeitanzug, der zu dem unfreundlichen Herbstwetter passte wie Mickey Mouse auf einen Grabstein, hielt er sich im Garten auf und hantierte mit einer Fernbedienung, drückte sie ungeduldig gegen sein Haus ab wie ein TV-Süchtiger im letzten Stadium, der den Schein für die

Wirklichkeit und die Wirklichkeit für jederzeit umschaltbar hielt.

»Der automatische Torheber für die Garage funktioniert nicht«, beschwerte er sich, als er mich bemerkte. »Wahrscheinlich ist die verdammte Feuchtigkeit schuld. Ich werde deswegen jemanden kommen lassen müssen.«

»Geht das denn nicht auch von Hand auf?«

»Fehlanzeige. Das Dumme ist, der Wagen steht drin und ich komme nicht ran, dabei habe ich in dreißig Minuten eine Verabredung zum Sport.« Er musterte mich erwartungsvoll. »Bringen Sie mir Neuigkeiten?«

Wir gingen ins Haus, und während ich ihm von Tilos neuem Abenteuer berichtete, drückte Martens mir ein Glas Orangensaft in die Hand und führte mich vor sein breites Aussichtsfenster.

»Genau so habe ich mir das gedacht.« Er setzte ein verächtliches Grinsen auf und schüttelte ein paar Mal den Kopf. Dann formte er das, was von dem Grinsen noch übrig war, zu einem entschuldigenden Lächeln und schenkte es mir. »Tja, tut mir Leid, Kittel, dass Sie heiße Luft schöpfen mussten. Aber ich wollte auf Nummer Sicher gehen.«

»Ich bin nicht ganz sicher, ob es nur Luft ist.«

»Also gibt es etwas, das auch nur andeutungsweise auf einen wirklichen Mord hindeutet?«

»Das nicht.«

»Na, sehen Sie.«

»Aber Tilo verwickelt sich in Widersprüche, die er vermeiden könnte, wenn er alles nur erfunden hätte. Beispielsweise, dass er ausgerechnet Kims Freund tot gesehen haben will ...«

»Nun, die interessieren mich weniger. Widersprüche an ihm bin ich gewohnt. Alles, was ich wissen wollte, war, ob hinter diesen – Anschlägen mehr als kranke Phantasie steckt.«

»Und ob sie dieselbe ist, die hinter dem schwarzen Mann steckt.«

»Genau.« Er kratzte sich am Kopf. »Sind Sie in dieser Sache weitergekommen?«

»Wie kamen Sie eigentlich darauf«, fragte ich, »dass er wegen Tilo da unten steht?«

Guido Martens lachte kurz auf und tauchte seine Oberlippe in den Saft. »Ich sagte es bereits«, in seiner Stimme, die sich nicht gerne wiederholte, schwang eine Spur Ungeduld mit, »er ist in der Familie sozusagen derjenige, der für solche obskuren Einfälle in Frage kommt. Tilo ist für Scherereien zuständig.«

»Nachdem wir das überprüft haben, sollten wir uns der Möglichkeit stellen, dass der Mann Ihretwegen den lebendigen Vorwurf spielt.«

Mein Auftraggeber deutete fragend auf sich selbst und lächelte pikiert, als hätte ich ihn darum gebeten, sich vor mir auszuziehen. »Meinetwegen?« So bizarr sie auch sein mochte, die Vorstellung schien ihn zu amüsieren.

»Es geht um einen Mordfall, der sich ereignete, als Sie für die Firma *Nordrhein-Stahl* tätig waren. Sie waren damals als ...«

»Ach ...« Schon war es mit dem Amüsement zu Ende. Martens verzog das Gesicht wie in einem plötzlichem Schmerz und richtete die Handflächen in einer um Gnade flehenden Geste zur Zimmerdecke. »Nicht schon wieder!«

»Die Geschichte ist Ihnen also bekannt?«

»Welche meinen Sie, Kittel? Die mit Theuerzeit oder die mit Mölling?«

»Es geht um den Tod eines gewissen Mölling. Haben Sie ihn gekannt?«

»Nur flüchtig. Er machte einen auf Menschenfreund und Messias, aber in Wirklichkeit war er alles andere als das. Soviel ich weiß, lebte er ziemlich über seine Verhältnisse. Soll sogar vor Erpressung nicht zurückgeschreckt haben.«

»Aber das ist doch schon eine ganze Menge, was Sie über ihn wissen.«

»Im Fall Theuerzeit ist er allen Beteiligten mit seinen unangenehmen Fragen auf die Nerven gefallen. Und wer unangenehme Fragen stellt ...«

»... über den kursieren unschöne Gerüchte?«

Sein strafender Blick streifte mich. »Der muss damit rechnen, dass auch seine eigene schmutzige Wäsche eines Tages auf der Leine hängt.«

»Und wie geht die andere Geschichte?«

»Theuerzeit war einer der Wortführer der Belegschaft. Spielte sich als Volksheld auf, so eine Art Robin Hood. Als er Selbstmord beging, wollte Mölling daraus für sein Blatt ein packendes Arbeitermelodram spinnen, in der ich die Rolle des Ausbeuterbösewichts spielen sollte. Robin Hood und der Sheriff von Nottingham, so in der Art.«

»Ich kenne die Geschichte aus dem Englischunterricht.«

»Die Presse kann mit alltäglichen Sachen nichts anfangen. Die braucht Helden auf der einen und Bösewichter auf der anderen Seite. Aber dann fand die Kripo zum Leidwesen der Schreiberlinge heraus, dass es nur ein stinknormaler Selbstmord war. Damit war die schöne Story geplatzt.«

»Doch dann wurde Mölling umgebracht.«

»Aus der Luft gegriffene Mutmaßungen und skandalheischender Klatsch – alles wurde wieder ausgepackt. Ich war immer noch der Sheriff, nur die Rolle des Robin Hood hatte jetzt Mölling. Glücklicherweise hatte die Öffentlichkeit allmählich genug davon.«

»Ist der Mord inzwischen aufgeklärt worden?«

Martens zuckte mit den Schultern. »Keine Ahnung. Wie gesagt, der Mann war kein Heiliger. Wahrscheinlich hat er es mit seinen Erpressungen zu weit getrieben.«

»Sagt Ihnen der Name Melanie Storck etwas?«

»Nicht das Geringste. Müsste man die kennen?«

»Sie gehört zu der Öffentlichkeit, die von der Geschichte nicht genug bekommen kann. Möglicherweise hat sie beschlossen, Ihnen mit einer stummen, düsteren

Gestalt vor dem Haus schlaflose Nächte zu bereiten. Das aber würde nur klappen, wenn Sie genau wüssten, worum es geht.«

Martens warf einen Blick auf seine Uhr. Er bezahlte mir ein fürstliches Honorar, damit er sich selbst mit diesen Dingen nicht herumschlagen musste. In Gedanken war er schon bei seiner sportlichen Verabredung.

»Gratuliere, Kittel! Also, dann reden Sie doch mit dieser Person und machen Sie ihr klar, dass ich mir das nicht weiter bieten lasse.«

»Sie wissen also nicht, worum es geht?«

»Nein, das weiß ich nicht!« Martens musste seine Stimme zurückhalten, dass sie nicht genervt klang.

»Soll ich ihr Geld anbieten?«

»Wenn Sie zu viel davon haben. Aber am besten geben Sie ihr den guten Rat, ihre Zeit nicht damit zu vertrödeln, alte Feindbilder aufzuwärmen. Es gibt so viele Dinge, für die es sich lohnt einzutreten: Klimaschutz, Robbenbabys ... Für Leute wie diese Frau ...«

»Storck. Es ist aber bis jetzt nur eine Vermutung.«

»Dann klären Sie das.«

»Tilo hat mit der Mölling-Geschichte nichts zu tun, oder?«

»Tilo? Nein, nicht direkt.«

»Nicht direkt, was heißt das?«

»Offiziell war er dabei. Damals bildete ich mir noch ein, ich könnte meine Firma eines Tages auf ihn überschreiben.«

»Und welche Rolle hat er gespielt?«

»Dieselbe wie heute. Keine.«

Martens trat vor das Panoramafenster und es sah so aus, als ließe er seinen Blick schweifen über die endlosen Weiten der Bergheimer Prärie. Aber dann rückte er seine Frisur zurecht und mir wurde klar, dass er die Glasscheibe die ganze Zeit als Spiegel benutzt hatte. Die langweilige Landschaft da draußen interessierte ihn nicht die Bohne.

Mir kam die Idee, dass man Jünglinge wie Tilo Martens, die in guten Familien aufwuchsen, nicht immer um ihre Väter beneiden sollte.

»In meinem Job kann man es nicht zu etwas bringen«, erklärte mir Martens, als hätte ich mich nach den Aufstiegschancen erkundigt, »wenn man sich nur lieb Kind machen will. Man muss den Mut haben, den Leuten schon mal Sachen zuzumuten, von denen man weiß, dass sie ihnen nicht passen.«

»Und worin lag Tilos Fehler? Dass er das nicht wusste oder dass ihm keine unpassenden Sachen einfielen?«

»Die Umstrukturierung damals bei *Nordrhein* habe ich durchgezogen trotz aller Theuerzeits und Möllings. Und was Tilo anging, so war er die meiste Zeit krankgeschrieben.«

»Trotzdem bleibt für mich noch die Frage, ob Ihr Sohn sich wirklich alles nur ausgedacht hat.«

Martens trat einen Schritt auf mich zu. »Fragen Sie sich, was Sie wollen, Kittel. Aber so lange ich bezahle, bestimme ich auch, welche Fragen für Sie übrig bleiben. Sorgen Sie dafür, dass diese Dame mir nicht weiter die Kunden verschreckt. Und wenn Sie das geschafft haben, dann kommen Sie her und holen Ihr Geld.«

»Sie sind der Boss«, sagte ich und machte mich auf den Weg zur Tür. In diesem Moment öffnete sie sich und Ina Martens betrat den Raum. Sie nickte mir zu und ich grinste zurück.

»Gibt es etwas Neues?«, erkundigte sie sich bei Guido.

»Wieso steht der Mann eigentlich heute nicht da unten?«, fragte ich. »Wäre es nicht möglich, dass er aufgegeben hat?«

»War er heute schon da?«, wandte sich Martens an seine Gattin.

»Nein. Aber gestern Vormittag. Ich bin hinuntergegangen und habe ihn verjagt. Kaum zehn Minuten später war er wieder da. Ich fühle mich beobachtet.«

Ich verglich Ina Martens mit Kim. Die beiden Frauen

ähnelten einander, obwohl sie nicht verwandt waren. Höchstwahrscheinlich bezogen sie lediglich das gleiche Trendmagazin. Und da stand in der Sparte *Outfit und Make-up*, dass momentan der blonde, feminine Typ angesagt war, verziert mit einer leichten Dauerwelle, und die Farben der Saison waren Brombeer-, Apricot- und Lilatöne.

»Keine Angst, Cherie, Kittel ist ihm auf der Spur. Es dauert nicht mehr lange.«

Vor dem Haus fuhr ein Taxi vor und ich wartete gespannt darauf, ob die gespenstische Mahnwache ausstieg, um ihren Dienst zu versehen.

Dann hupte der Fahrer. Martens sah auf die Uhr. »Das ist mein Taxi. Tut mir Leid, Cherie, aber ich muss weg. Die nächsten Tage jedenfalls wirst du vor ihm sicher sein. Wir werden in München schön essen gehen und dann ...«

»In München?«

»Genau da.«

»Aber ich dachte, wir wollten hier in die Oper.«

»Schon, aber du weißt doch, Kim hat übermorgen ein Spiel und da dachte ich – du hast doch nichts dagegen?«

Inas Gesichtszüge gefroren zu Eis. »Natürlich nicht. Aber meinst du nicht, dass deine Tochter allmählich alt genug ist, dass sie so etwas schafft, ohne dass du ihr Händchen hältst?«

Martens schien froh darüber zu sein, dass er in Eile war. Im Hinausgehen winkte er mir zu. »Sie melden sich bei mir, Kittel, ich verlasse mich darauf!«

Seine Frau starrte ihm nach. Ihr Gesicht hatte sich weiter verfinstert, als hätte Guido sie darüber informiert, dass er das Wochenende kurzerhand mit einer anderen verbringen wollte.

Ina Martens konkurrierte mit ihrer Stieftochter, so viel war klar. Vielleicht hasste sie sie, weil sie wusste, dass sie im Wettkampf mit ihr nur unterliegen konnte, da sie den natürlichen Vorteil der Jüngeren niemals aufholen würde.

Draußen schlug eine Autotür. Das Taxi startete.

»Sind Sie auch der Meinung«, fragte ich Frau Martens, »dass Tilo eine kranke Phantasie hat?«

»Tilo ist ein Experte fürs Kranksein. Wenn er Phantasie hat, dann ist es wohl mehr als wahrscheinlich, dass sie wie er selbst krank ist. Aber alles hat zwei Seiten.«

»Welche?«

»Tilo kann nichts richtig machen, das ist die eine Seite. Und Kim kann nichts falsch machen.«

»Zwei Geschwister, die sich ergänzen.«

»Ausschließen, würde ich sagen. Sein Problem ist es, nicht ernst genommen zu werden, und ihres, vergöttert zu werden. Beides ist auf die Dauer nicht gut.«

»Aber Kim macht einen ganz munteren Eindruck«, erinnerte ich mich.

»Sie sieht blendend aus und ist in Topform, so lange sie eine Siegessträhne hat. Aber falls sie einmal verliert, stürzt sie ab. Und die Angst davor, dass das passieren könnte, raubt ihr den Schlaf.«

In den letzten Worten klang klar und deutlich so etwas wie Genugtuung mit.

»Als ich kam«, sagte ich, »hatte sie gerade geschlafen.«

»Nun, dafür gibt es Tabletten.« Sie lächelte. »Für alles gibt es Tabletten.«

Was den Körper und seine Kondition anging, so war Ina vielleicht die Unterlegene. Aber wenn sie es klug anstellte, konnte sie ihren Nachteil ausgleichen, indem sie die Rolle der bösen Stiefmutter mit allen Tricks und Gemeinheiten kultivierte.

»Sie wollen mir also sagen, dass die Sache genauso gut auch mit ihr zusammenhängen könnte.«

Ina Martens zuckte mit den Schultern. »Sie sind auf der Suche nach jemandem, der sich rächen will. Glauben Sie mir, Sie finden eher einen, der sich an ihr rächen will als an ihm. Mehr will ich nicht sagen.«

Als ich wenig später im Nebeldunst zum Auto zurücktrottete, fragte ich mich, woher sie wissen wollte, dass ich so jemanden suchte. Ich schloss den Wagen auf und sah mich noch einmal um, bevor ich einstieg. Drüben, vor Martens Haus, stand nun der Schwarzgekleidete. Aber ich hielt es für keine gute Idee umzukehren. Bei dem Nebel konnte ich nicht erkennen, ob er es wirklich war und nicht irgendein schwarz gekleideter Passant. Und wenn er es war, dann würde er mich wieder abhängen wie beim letzten Mal.

Während ich Gas gab, fiel mir ein, dass ich vergessen hatte, Martens zu fragen, was er unter einem ›stinknormalen Selbstmord‹ verstand.

10

Die Zeit meiner Krankheit war zu Ende gegangen. Am Dienstag stand ich wieder im Buchhaus Zeltinger und spielte den Ladendetektiv. Lämmerhirt, mein Chef, war nicht im Haus, er redete auf einer Geschäftsführertagung in Bad Neuenahr zum Thema *Was nicht zählt, zählt – die metaphysische Dimension der Sparsamkeit.* Auch die Kunden waren nicht im Haus, sie hatten sich entschlossen, angesichts des unfreundlichen Wetters nicht vor die Türe zu gehen und ihr Buch lieber noch einmal zu lesen, als sich ein zweites zuzulegen. Also war außer mir nur Olga Öllisch im Laden, wie ich allein vom materiellen Zwang dazu getrieben, zwischen den muffigen Regalen umherzustöbern.

»Kennst du eigentlich einen Heino Hendrix?«, fragte ich Olga.

Ihr Kopf tauchte hinter einem gewaltigen Stapel Remittenden hervor. »Was willst du hören, Kittel: Soll ich jetzt mit bebender Stimme flüstern: *den* Heino Hendrix?«

»Also kennst du ihn nicht. Habe ich mir schon gedacht. Ein Angeber.«

Sie musterte mich kritisch und ihre buschigen Brauen bewegten sich aufeinander zu wie zwei Raupen, die sich etwas zuflüsterten. »Soll das ein Witz sein? Jeder kennt ihn.«

»Ich nicht.«

»Du kennst doch nie jemanden.«

»Und was schreibt der Mann so?«

Olga verlies ihre Remittenden-Burg, trat an ein Regal und suchte mir zwei Bücher heraus. *Schnauze voll – ein ungeschminktes Lippenbekenntnis* und *Der Suff ist grün wie der Morgen rot.*

Ich hielt *Schnauze voll* hoch. »Ist das gut?«

»Das ist nicht nur gut. Das ist Spitzenklasse.«

»Hast du es gelesen?«

»Nee, das nicht gerade.«

»Also du kennst es nicht und findest es deshalb gut. Tolle Empfehlung.«

Die dunklen Raupen wanden sich entrüstet. »Mensch, Kittel, das Buch hatte sagenhafte Besprechungen. Beide Titel laufen wie warme Brötchen. Die Fernsehsender reißen sich um den Mann, seitdem das Literarische Quartett ihn zu einer Offenbarung erklärt hat.«

»Tut mir Leid, Kartenspiel ist nicht mein Ding.«

Olga sah mich krumm an. Dann zog sie einen Prospekt unter dem Tresen hervor und las laut: »›Hendrix ist der Vertreter einer neuen, deutschen Gegenwarts-Prosa, die bissig ist, unhandlich und doch immer lyrisch und verträumt. Er macht es einem nicht gerade leicht, aber genau dafür ist man ihm dankbar. Mit seiner knappen, unprätentiösen Erzählweise, die gleichzeitig facettenreich und spielerisch ist wie eine Mischung aus Thomas Mann und Franz Beckenbauer, spricht der Autor die Sprache der neuen deutschen Mitte. Ein Buch, das man nicht aus der Hand legen kann.‹ So die Kritiker.«

»Alle Achtung«, gab ich zu. »Das hätte ich dem Mann nicht zugetraut.«

»Sag bloß nicht, du kennst ihn persönlich.«

»Wie du schon sagtest, ich kenne nie jemanden. Aber ich habe ihn gesehen, sogar ungeschminkt. Nicht gerade ein Aushängeschild für die neue deutsche Mitte.«

»Hast du ihn im Schlaf ermordet oder was?«

»Außerdem ist es gar nicht schwer, ein Buch aus der Hand zu legen. Nach meiner Erfahrung eine der leichtesten Sachen, die es gibt. Wer damit Schwierigkeiten hat, sollte sich fragen, ob Lesen das Richtige für ihn ist.«

»Der einzige Weg, sich ein Urteil zu bilden, ist immer noch, das Buch zu lesen.«

»Das kann ich nur zurückgeben.«

Ich fand noch ein drittes Buch, mit dem Titel: *Zu tot zum Schlafen*. Das einzige, was mich einigermaßen interessierte. In der Mittagspause schmökerte ich ein bisschen darin herum.

Eine blutjunge, bildschöne Frau wurde von ihrem Ehemann terrorisiert, weil sie eine Millionenerbin war. Um an das Geld heranzukommen, wandte er alle möglichen Tricks an, um sie, die immer schon nervös und ängstlich gewesen war, so weit zu bringen, dass sie entweder Selbstmord beging oder freiwillig um Entmündigung und die Einweisung in eine Klinik bat. Unter anderem erfand er Gangster, die angeblich hinter ihm her waren, rief ständig anonym an und inszenierte seine eigene Ermordung. Natürlich kam er damit am Ende nicht durch.

»Hast du dir ein Urteil gebildet?«, fragte mich Olga, die mich mit dem Buch aus der Pause kommen sah.

»Das hier ist gar nicht mal schlecht«, lobte ich und gab ihr das Buch zurück. »Kannst du weiterempfehlen.«

»Mach ich.« Sie warf einen kurzen Blick darauf. »Nur, dass es nicht von Hendrix ist.«

»Nicht?«

»Es stammt von Sally Henreid, falls du noch lesen kannst. Du bist im Alphabet zu weit gerutscht.«

»Haben Sie vielleicht etwas über einen Reporter, der seine unbestechliche Liebe zur Wahrheit mit dem Tod bezahlen muss?«, fragte jemand hinter uns. Melanie Storck in ihrem Regenbogenpulli.

»Davon gibt's haufenweise«, sagte ich.

»Zum Beispiel«, fiel Olga ein, »das über die *Washington Post* und den Watergate-Skandal.«

»Aber das musste niemand mit dem Tod bezahlen«, widersprach Melanie.

»Das nicht. Aber dafür brauchen Sie das Buch auch nicht mit dem Tod zu bezahlen«, grinste ich. »Wir akzeptieren Bargeld.«

»Ich wollte Sie sprechen«, erklärte sie.

Ich lächelte bedauernd. »Tut mir Leid, aber ich stecke hier mitten in Arbeit.«

Sie ließ ihren skeptisch-kritischen Blick, der ihr in den Aktionsgruppen und politischen Seminaren alle Ehre gemacht hatte, durch die Buchhandlung streifen. »Arbeit?«, fragte sie mit dem überheblichen Zweifel der angehenden Intellektuellen.

»Allerdings. Wie Sie treffend bemerkten, bin ich ein Kurzhaardackel, der auf der falschen Seite steht.«

»Das habe ich nicht so gemeint.«

»Also, worum geht's? Haben Sie die WG-Kasse geplündert und wollen mich engagieren? Falls Sie Lektüre brauchen, ich könnte Ihnen *Wer fürchtet sich vor dem Schwarzen Mann?* empfehlen.«

»Nein, danke.«

»Mein Klient hat mich beauftragt, Sie in aller Form zu ersuchen, den Psychoterror einzustellen.«

»Wovon reden Sie überhaupt?«

»Wenn ich ihm melden kann, dass Sie einverstanden sind, kassiere ich ein Traumhonorar. Und wenn ich das erst mal habe, könnte ich Ihnen preislich entgegenkommen ...«

Melanie lachte abfällig. »Die Wahrheit ist nicht käuflich«, verkündete sie. »Ich kann Ihnen kein Traumhonorar zahlen, dafür können Sie das machen, wofür Sie angetreten sind: etwas herauszufinden statt etwas zu vertuschen.«

»Ich bin überhaupt nicht angetreten.«

Sie öffnete ihre Umhängetasche, nahm zwei Papierblätter heraus und reichte sie mir wortlos.

Es war die Fotokopie eines Computerausdrucks.

Die blutige Hand des Kapitals war die Überschrift. Ich überflog die ersten Zeilen und erfuhr, dass es um einen Mord ging, den die Polizei – als Handlangerin einer skrupellosen Konzernspitze – in einen harmlosen Selbstmord umbenennen wollte. Einen *stinknormalen*, wie Martens sich ausgedrückt hatte.

»Das ist also die Geschichte, an der Ihr Freund arbeitete?«

»Marius hat diesen Artikel nicht mehr fertig gestellt. Seine Ermordung kam dazwischen.«

»Er behauptet, dass Theuerzeit umgebracht wurde. Die Polizei sagt etwas anderes.«

»Die macht sich die Sache auch einfach. Als herauskam, dass Theuerzeit unterschlagen hatte, war es für sie ausgemacht, dass er sich das Leben genommen hat, weil er glaubte, dass sie ans Licht kommen würde.«

Ein lauter Rülpser von einem der benachbarten Regale verriet einen Kunden, der ansonsten völlig geräuschlos den Laden betreten und sich an den Buchrücken entlang auf uns zu bewegt hatte.

Ich senkte meine Stimme. »Welche Beweise hatte er dafür, dass Theuerzeit ermordet wurde? Und das auch noch von Martens?«

»Er hatte Beweise, sonst wäre er nicht umgebracht worden.«

»Also ich finde, Sie sind diejenige, die sich die Sache einfach macht.«

»Natürlich ist Ihr Guido Martens nicht einer von der Sorte, der sich die Hände schmutzig macht. Er hat einen Mann fürs Grobe. Mich hat er auch schon belästigt.«

»Wann war das?«

»Nachdem die Polizei Marius' Wohnung freigegeben hatte, hat er mir aufgelauert. Ich habe trotzdem diesen Artikel in Sicherheit bringen können.«

»Aufgelauert? Was heißt das?«

»Er hat mich von hinten gepackt und verlangt, dass ich das herausrückte, was ich gefunden hatte.«

»Aber Sie haben sich geweigert?«

»Ich habe behauptet, nichts gefunden zu haben. Und er hat mir das sogar abgekauft.«

»Wie sah der Mann aus?«

»Woher soll ich das wissen?« Melanie hob ihre Stimme an. »Er war hinter mir. Alles, was ich sagen kann, ist, dass er einen starken Schweißgeruch hatte.«

»Das haben viele.«

Der Kunde drehte sich zu uns um und warf uns einen finsteren Blick zu. Offenbar argwöhnte er, dass wir über ihn sprachen.

»Wie gut kannten Sie Marius Mölling?«

»Wie gut?« Melanie legte den Kopf schief. »Was soll das heißen? Ich war mit ihm zusammen.«

»Also sehr gut. Wissen Sie zufällig etwas darüber, dass er mehr Geld ausgab, als er hatte? Oder dass er Leute erpresst hat?«

»Was ...« Sie fand keine Worte, vergaß sogar, den Mund zu schließen. Sie holte Luft, um mich anzubrüllen, und ich überlegte, wie ich das Olga erklären würde.

»Wer behauptet das?«, fragte sie schließlich leise und gefasst.

Ich versuchte, so leichtfertig wie möglich zu klingen. »Niemand«, sagte ich. »Es war nur eine Frage ...«

»Er war's.«

»Wer?«

»Dieser – Verbrecher, dem es nicht genügt, einen umzubringen, er muss ihn danach auch noch mit Dreck bewerfen. Martens, dieser ...«

»Ich habe nicht gesagt, dass ich ihm glaube«, versuchte ich sie zu beruhigen.

Zu spät.

»Wie konnte ich mir nur einbilden, ich könnte Sie umstimmen!«, donnerte sie, dass es zwischen den Regalen widerhallte und die breite Glasscheibe des Schaufensters bedrohlich erzitterte. »Ein Privatdetektiv, dem die Wahrheit schnurz ist, weil er sich an den Meistbietenden verhökert. Machen Sie nur weiter so! Helfen Sie diesem Mörder, seine blutigen Hände rein zu waschen und das Schmutzwasser über andere auszukippen!«

Sie machte auf dem Absatz kehrt, stampfte an dem rülpsenden Kunden vorbei, der so weit vor ihr zurückwich, dass er einen Abdruck seines Körpers im Bücherregal hinterließ, und stoppte bei Olga, die die Szene von ihrem Schreibtisch aus verfolgt hatte.

»Ein toller Laden ist das hier«, lobte Melanie Storck schnaufend. »Wirklich, ein toller Laden.« Sie nahm Kurs auf den Ausgang. »Aber eine Scheißbedienung!«

Kalte Luft wehte durch die Tür herein, die die Storck weit offen stehen ließ.

»Eine Bekannte von dir?«, fragte Olga.

»Mein Klient will, dass ich ihr das Handwerk lege«, erklärte ich. »Und sie will, dass ich ihm das Handwerk lege.«

»Das ist mir zu hoch.«

»Es wäre mehr als einfach, wenn du nur auf der richtigen Seite stehen würdest«, verkündete ich.

11

Kim Martens hatte Recht gehabt. Ihr Vater hatte mich gemietet, damit ich ihm den Beweis für das erbrachte, wovon er schon immer überzeugt gewesen war: dass Tilo ein nicht ernst zu nehmender Spinner war. Er war so sehr davon überzeugt, dass er sich mit meinem oberflächlichen Eindruck zufrieden gegeben hatte. Leider konnte ich es mir nicht so leicht machen wie Melanie, die sämtliche fünf Sinne mit dem Sinn für die gute Sache gleichgeschaltet hatte und jede Frage nach stichhaltigen Beweisen für kleinmütige Kompromisslerei hielt.

Ich hatte einen Berufskodex und danach galt jemand so lange nicht als Spinner, bis erwiesen war, dass er einer war. Und als Henk am Dienstagabend immer noch nichts von sich hören ließ, beschloss ich, Tilo eine Chance zu geben.

Offenbar ließ seine Krankheit nicht zu, dass er ans Telefon ging, oder aber er war nicht zu Hause. Mir fiel noch eine andere Möglichkeit ein, Licht in das Dunkel zu bringen.

Das Theater *Die Weinstube* lag in einem der winzigen Gässchen mitten in der Altstadt. Mit dem Auto kam man nicht hin und zu Fuß schon gar nicht, wegen der Touristenmassen. Die Erfinder der Altstadt hatten es mit dem Idyllischen, Lieblichen und altertümlich Gemütlichen zu gut gemeint und sich zu stark dem breiten Publikumsgeschmack angepasst. Jetzt konsumierte hier das breite Publikum so ausgiebig, dass gar nichts alt werden konnte. Als Einziger versuchte der Rhein alle zwei Jahre, etwas gegen den Kommerz zu unternehmen und sich das Viertel einzuverleiben, aber ihm erlaubte man längst nicht, was man den Touristen großzügig zugestand.

Ich wollte den Wagen irgendwo am Heumarkt abstellen und mich dann zu Fuß durchschlagen. Aber eine Baustelle, mit der ich nicht gerechnet hatte, zwang mich zur Kursänderung, und ehe ich's mich versah, war ich auf der anderen Rheinseite. Einfach zurückfahren ging nicht, denn in dieser Richtung gab es einen Stau. Also fuhr ich weiter nördlich über die Deutzer Brücke und verhedderte mich schließlich in einem Labyrinth aus Straßen, die allesamt in ein einziges Parkhaus führten. Endlich gab ich mich geschlagen, stellte den Wagen irgendwo in einem stinkenden, aber kostenpflichtigen Kellergewölbe ab und machte mich auf den Weg.

»Dat is janz einfach«, erklärte mir ein dicker Mann zwei Straßenecken weiter, während er sein Hemd in die Hose steckte und die Zigarre in seinem Mundwinkel als

Zeigestock benutzte. »Sie jehen hier jradeaus un dann die zweite links. Nä, Moment, die dritte is dat, jlaub ich. Also die links un dann kommen Se auf 'en Platz. Da jehen Se schräch drüber un auf der anderen Seite sehen Se dann so 'n Durchjang. Da durch, un dat isset schon.«

Ich nickte. »Also noch mal: Da drüben links und dann auf einen Platz ...«

»Die dritte. Wennse die zweite jehen, dat ist janz falsch. Vor dem Platz jehen Se noch 'ne Treppe runter, so drei oder vier Stufen. Un dann ...«

»Am besten is«, mischte sich ein Zweiter ein, »wenn Se janz andersrum jehen. Hier zurück un dann direkt um de Ecke. Da kommen Se an einer Toreinfahrt vorbei. Können Se nit verfehlen. Da is ein jelber Abfalleimer neben.«

»Danke«, sagte ich und wollte los. Die Ortskenntnis der Einheimischen war auf der ganzen Welt berüchtigt und ihre Hilfsbereitschaft gefürchtet.

Der Dicke hielt mich fest. »Verjessen Se dat mit der Toreinfahrt. Dat is en Umweg. Meilenweit.«

»Umweg?«, entrüstete sich der andere. »Ich sach Ihnen was: Sie können natürlich auch so jehen. Aber dann sin Se locker 'ne Viertelstunde unterwegs.«

»Hören Se mal, juter Mann«, meldete sich mein erster Informant höflich, »so können Se dat aber jetzt nich sagen. Wissen Se, was ich jlaube? Sie sin jarnit von hier.«

»Also noch mal, vielen Dank«, verabschiedete ich mich und wollte mich losmachen.

»Moment!«, hielt mich der Dicke energisch zurück. »Haben Se dat denn jetzt verstanden? Die dritte links und ...«

»Wie soll der dat verstehen?«, konterte der andere. »Dat is doch der reinste Kuddelmuddel, so wie Sie dat dem erklären.«

»Kuddelmuddel?!«

Ich verdrückte mich und zog damit sofort die einmütige Missbilligung beider auf mich. Sie schimpften hinter mir her, dabei hatte ich keine der vorgeschlagenen Richtungen gewählt, um nicht Partei zu ergreifen. Eine Zeit lang irrte ich umher und versuchte gegen die anströmenden Stadtbummler meinen Weg zu behaupten. Fast zufällig stand ich schließlich direkt gegenüber dem Theater *Die Weinstube*.

Der Name stand auf einem vergilbten Plastikschild, das schief in einer Glasvitrine lehnte. Darunter, wie die Speisekarte eines Restaurants, der Spielplan, ein mit Schreibmaschine getipptes Blatt:

WEIHNACHTSVORSTELLUNG 21.12.98:
A. HITCHCOCKS DIE VÖGEL
WEGEN ÜBERWÄLTIGENDER NACHFRAGE
WIEDER AUF DEM SPIELPLAN:
DIE RÜCKKEHR DER REITENDEN LEICHEN
DEMNÄCHST IN DIESEM THEATER:
BASIC INSTINCT
EIN EROTICTHRILLER DER SUPERLATIVE

Falls die bombastischen Titel den Versuch darstellten, dem Haus etwas Hollywood-Glamour zu verpassen, was ihm zweifellos gut getan hätte, so war er misslungen. Blutrünstig, wie sie waren, bildeten die Titel einen komischen Kontrast zur urbürgerlichen Fassade des windschiefen Häuschens, das mit seinen Buntglasfenstern eher wie eine langweilige, verräucherte Gaststätte aussah.

Dieser Eindruck änderte sich auch drinnen nicht. Es gab einen Tresen, gelbe Funzeln aus Plastik, die Kerzen imitierten, und Holztische mit grünen Aschenbechern drauf.

»Kann ich dir irgendwie helfen?«, fragte ein Mädchen mit kurzem, rotem Haar und tropfenförmigem Ohrschmuck, die hinter dem Tresen Gläser ordnete. »Wir machen nämlich erst in einer halben Stunde auf.«

»Ich wollte eigentlich nur wissen, wann die Aufführungen sind.«

Sie lächelte und schüttelte bedauernd den Kopf. »Die nächste ist wieder am Freitagabend. Heute wird nur geprobt. So gegen zehn gibt's hier noch Livemusik und Kabarett.«

Ich beschloss, mein Glück zu versuchen. »Ist Tilo auch da?«, fragte ich freundlich.

Sie nickte. »Klar ist er da. Er ist schließlich unser Michael Douglas.«

Völlig unmöglich, dass wir den gleichen Mann meinten.

»Tilo Martens?«, versicherte ich mich.

Sie war etwas irritiert. »Wer sonst?«

Vielleicht handelte es sich um eine Inszenierung, in der alles verfremdet wurde und die so genannten Stars von ihrer schwachen, verletzlichen Seite gezeigt wurden. Michael Douglas, der an einer schleichenden, unheilbaren Krankheit litt ...

Die Rothaarige kaufte mir ab, dass ich ein guter Freund von Tilo war, und wies mir den Weg zur Bühne. »Aber nicht stören«, schärfte sie mir ein. »Nur zugucken.«

Das eigentliche Theater bestand aus einem Raum, der für einen Hobbykeller riesig, aber für eine Bühne winzig war. Die Darsteller spielten ebenerdig, während die hinteren Ränge dank eines abenteuerlich genagelten Holzgerüsts höher lagen. Die ungemütlichen Klappstühle befanden sich nicht an ihrem Platz, sondern standen, lehnten oder lagen einzeln oder in Gruppen über den ganzen Zuschauerbereich verteilt, als wollten sie ihre Freizeit vor Dienstbeginn ausnutzen.

Die Truppe bestand aus zwölf Schauspielern, die aber nicht spielten. Momentan war auf der Bühne ein erbitterter Disput darüber im Gange, ob die zu probende Szene aus *Basic Instinct* prickelnd war oder bedrohlich, genauer gesagt, ob sie prickelnd zu sein habe, während sie aber bedrohlich war, oder umgekehrt.

»Also schön, wir machen das jetzt einfach noch mal, wie ich mir das gedacht habe. Vertraut mir, Leute, ich sehe alles schon genau vor mir ...«

Der Regisseur war ein kleiner, quirliger Mann mit wehendem, langem Haar, weißen Turnschuhen und Schwitzflecken auf seinem T-Shirt, das in Farbe und Form an ein Messgewand erinnerte. So konnte man sich vielleicht den Heiligen der Waldgeister vorstellen. Wie ein Wirbelwind fuhr er zwischen die eher müde wirkenden Darsteller und ich glaubte ihm aufs Wort, dass er die Szene genau vor sich sah.

Es ging um die Stelle, in der Sharon Stone, die bekannte Psychologin und Hauptverdächtige in einem bestialischen Mordfall, bei der Polizei aufkreuzte, um sich von den versammelten Beamten befragen zu lassen. Wie sie diesen Auftritt nutzte, um die blöden Kerle blöd aussehen zu lassen, natürlich mit Ausnahme von Michael Douglas. Unverfroren steckte sie sich eine Zigarette an, obwohl sie genau wusste, dass Rauchen nicht erlaubt war. Und noch unverfrorener ließ sie die Typen unter ihren Rock sehen, obwohl sie genau wusste, dass sie nichts darunter trug.

Die Truppe begann wieder mit der Probe. Endlich bemerkte ich Tilo, der auf der Bühne wie verwandelt war. Er wirkte cool und lässig und ich hätte jede Wette darauf abgeschlossen, dass er nicht einmal seine Nasentropfen dabei hatte. Er war Micheal Douglas und der hatte mit Nasentropfen nichts im Sinn. Wo war der ständig leicht gebückt daherschleichende, schniefende und in seine Kränklichkeit verliebte Zögling meines Auftraggebers, der mir vorgestern noch ins Gesicht geniest hatte? Hätte man Tilo Martens, den echten, auf die Bühne bringen wollen, dann bezweifelte ich stark, ob Tilo Martens, der Schauspieler, dafür die richtige Besetzung gewesen wäre.

Zu seiner Rechten und Linken hatten zwei Police-Detectives mit vor der Brust verschränkten Armen Position bezogen, die mit ihrer steinernen Unbeweglichkeit das düstere, bedrohliche Element der Szene ausmachen sollten. Für meine Begriffe nicht gerade die beste Idee des Regisseurs, weil es auf mich den gegenteiligen Effekt hatte. Anstatt düster und bedrohlich zu wirken, machten die beiden alles vertraut und heimelig. Ich brauchte eine ganze Weile, um den Grund dafür zu begreifen: Einer der beiden Bedrohlichen kam mir bekannt vor. Die entschlossene, unverrückbare Art, mit der seine beiden Füße auf dem Boden ruhten. Seine Unbeweglichkeit, die in jeder Sekunde aktiv und lebendig war. Dann verlagerte er sein Körpergewicht von dem einen auf den anderen Fuß ...

Er musste es sein. Der schwarze Mann, der sich Mühe gab, Guido Martens' guten Ruf zu beschädigen, war ein Schauspieler-Kollege seines Sohnes! Völlig umsonst hatte ich mich mit der Polit-Missionarin angelegt.

Ich beugte mich ein wenig vor, um den Unbeweglichen weiter im Auge zu behalten. Allerdings auch, um Sharon Stone, die Tilo Martens und den beiden Detectives gegenüber Platz genommen hatte und jetzt ihre Beine übereinander schlug, besser im Blick zu haben. Immerhin war sie die Wortführerin derjenigen gewesen, die die Szene eher prickelnd auffassten als bedrohlich. Dummerweise hatte ich mich weit hinten im Saal auf eine der Holzemporen gesetzt und mein Blickwinkel von hier oben aus war, was Sharon anging, denkbar ungünstig. Weil ich aber nun mal neugierig war, wie detailgenau sich die Umsetzung der Story an der Vorlage orientierte, beugte ich mich vor und stützte mich auf die Lehne eines Klappstuhls vor mir. Der Stuhl rutschte weg, warf seine Vorderfüße in die Luft und klappte zusammen, bevor ich auf ihm landete.

Im nächsten Augenblick stand das Ensemble um mich herum und sah auf mich herunter wie auf eine seltene Schabenart.

»Heh, wer ist das denn?«, fragte der Waldgeist aus der zweiten Reihe.

Niemand dachte daran, mir aufzuhelfen. Dafür hatte ich endlich einen günstigen Blickwinkel und nahm enttäuscht zur Kenntnis, dass Sharon Stone Unterwäsche trug. Mein Sturz hatte sich nicht einmal gelohnt.

Ich stand auf. »Ich, eh, wollte zu Herrn Mar-, ehm, zu Tilo.«

»Ach Sie!« Tilo Martens drängte sich an seinen Kollegen vorbei. Sobald er mich sah, verwandelte er sich. Er war wieder der Alte, unsicher und ängstlich. »Woher wissen – wie kommen Sie hierher?«

Der Regisseur klatschte schallend in die Hände. »Na schön, Leute. Schluss für heute. Es ist spät genug. Also dann, übermorgen in alter Frische ...«

Der Menschenauflauf um uns löste sich auf.

»Wie kommen Sie hierher?«, verlangte Tilo zu wissen. Er schien wütend zu sein, als hätte ich mir, ohne zu fragen, Zutritt zu seiner Intimsphäre verschafft.

»Scheiße!«, fluchte ich. »Ich glaube, ich habe mir den verdammten Finger geklemmt.«

»Zeigen Sie mal ... Ich glaube, das wird richtig blau. Es gibt dafür eine Salbe ...«

»Vergessen Sie die Salbe. Ich muss mit Ihrem Kollegen ein paar Worte wechseln.«

»Mit wem denn?«

»Dem Polizisten, der links neben Ihnen gestanden hat. Und mit Ihnen werde ich auch ein paar Worte wechseln müssen.«

»Aber wieso denn?«

»Das wissen Sie doch ganz genau. Was bezwecken Sie damit? Wollen Sie Ihren Dad mit Theaterdonner beeindrucken?«

»Ich weiß ehrlich nicht, wovon Sie reden, Kittel.«

Fünf Minuten später saßen wir im Café. Die Rothaarige brachte mir ein Bier und Tilo ein stilles Mineralwasser.

»Ehrlich gesagt, das kann ich nur zurückgeben«, schimpfte ich. »Auf Sie wäre ich nie gekommen. Sind Sie darauf aus, seinen Ruf als smarter Geschäftsmann zu ruinieren? Wollen Sie sich an ihm rächen? Ich verstehe einfach nicht, welchen Sinn das machen soll.«

»Ich auch nicht. Aber Sie dürfen ihm auf keinen Fall etwas davon erzählen.«

Ich lachte gequält auf. »Soll das ein Witz sein? Er bezahlt mich dafür, dass ich ihm was davon erzähle.«

»Aber ich dachte ...« Sein fassungsloser Blick war auf mich gerichtet, während er in seinen Taschen vergeblich nach einem Taschentuch fischte. »Was haben Sie denn davon, mir hinterherzuspionieren?«

»Genau das. Ich kann Ihrem Vater den Mann präsentieren, den ich für ihn finden sollte. Beinahe hätte ich ihm eine nervtötende, aber harmlose Studentin zum Fraß vorgeworfen.«

»Was für eine Studentin? Spielt sie auch Theater?«

»Nein, die kämpft gegen Unterdrückung und Unrecht aller Art. Eins davon ist ihrer Meinung nach Ihr Vater. Aber sie war's nicht, sondern sein Sohn.«

Endlich begriff er. Und das Komische daran war, dass ihn das zu beruhigen schien. Es amüsierte ihn geradezu. Tilo riss die Mundwinkel auseinander und grinste. »Aber das kann doch nicht Ihr Ernst sein, Kittel. Sie glauben doch nicht, dass ich was mit diesem Mann zu tun habe.«

»Doch.«

Er lachte. »Aber das ist – Unsinn!«

»Und Ihr Kollege?«

»Bennie Glocke? Kittel, ich sage Ihnen, Sie sind auf dem falschen Dampfer.«

»Warum sollte er nicht ...«

»Er ist Oberarzt in der Uniklinik!«

»Was heißt das schon heutzutage?«, fragte ich unbeeindruckt.

»Das heißt, dass er keine Zeit für solche Scherze hat.«

Wenn das stimmte, was Tilo mir auftischte, hieß es das vielleicht. Aber ich brauchte ihm ja nicht unbedingt zu glauben.

»Ich werde das überprüfen«, behielt ich mir vor.

»Tun Sie das, Kittel.«

»Es ist mein Job«, fügte ich düster hinzu, »Menschen wieder zu erkennen. Ich irre mich nicht so leicht.«

Ich stand auf und hielt den geschwollenen Zeigefinger gegen das Licht.

»Das sieht böse aus«, sagte Tilo mitfühlend. Bei Schmerz aller Art kannte er sich aus.

»Es gibt Schlimmeres«, gab ich zurück. »Also dann ...«

»Was ist mit meinem Vater?«

»Werden Sie ihm etwas davon erzählen?«

»Wovon?«

Die Angst war in seinen Blick zurückgekehrt. Tilo umfasste mit einer hektischen Geste den Bühnenraum. »Von dem hier.«

Endlich dämmerte es bei mir. »Weiß er denn gar nichts davon, dass Sie hier spielen?«

»Wenn er das wüsste, würde er mich ...« Er schluckte. »Er hätte dafür keinerlei Verständnis.«

Daher also rührte Tilo Martens' Panik. Sein Geheimnis war nicht die schwarze Gestalt, die interessierte ihn überhaupt nicht, sondern das Theater. Vielleicht das Einzige in seinem Leben, das sein überheblicher Vater nicht mit seiner Allmacht zertrampelte, über das er nicht seine Abfälligkeit ausgoss.

»Keine Sorge«, lächelte ich. »Es gehört zu meinem Job, Geheimnisse zu bewahren.«

»Danke«, stieß er mit einer Erleichterung hervor, als hätte ich ihm Stillschweigen über einen Mord zugesichert.

»Übrigens habe ich Sie spielen sehen«, sagte ich.

»Ach ja ...?« Ein verlegenes Grinsen verzerrte sein Gesicht, es war nicht sein Grinsen, sondern das seines Vaters, der sich über ihn lustig machte.

»Sie sind ganz anders auf der Bühne«, versicherte ich. »Wirklich überzeugend. Sie sollten auf jeden Fall damit weitermachen.«

Es war noch nicht besonders spät am Abend, als ich aus der *Weinstube* auf die Straße trat, aber ich wollte die Parkgebühren für den Wagen nicht so hoch steigen lassen, dass sie mich finanziell überforderten. Außerdem würde es einige Zeit brauchen, den Weg zurück zu finden, obwohl ich mich jetzt orientieren konnte, ohne von Einheimischen unter dem Vorwand der Wegbeschreibung in endlose Gespräche verwickelt zu werden.

Ich machte ein paar Schritte und atmete ausgiebig ein, um die feuchte Nachtluft zu genießen. Ausatmen konnte ich nicht mehr, denn daran hinderte mich jemand. Er umklammerte mich von hinten. Viel zu spät und nur für den Bruchteil einer Sekunde hatte ich seinen Schatten hinter mir bemerkt. Ein großer, dunkler Schatten. Tilos Kollege, die Spukgestalt.

Er hinderte mich daran, die Nachtluft wieder freizugeben. Ich wollte mich losmachen, aber der Riese hob mich hoch, dass meine Beine hilflos strampelten. Ich japste und er warf mich in die Ecke zwischen ein paar Mülleimer. Trotz des Lärms kam mir kein Mensch zur Hilfe.

Ich rappelte mich hoch und schnappte nach Luft, die jetzt nicht mehr frisch und feucht roch, sondern stickig und verschwitzt wie in einer Umkleidekabine. Mein Widersacher ließ mir keine Zeit aufzustehen, sondern packte mich an der Jacke und zog mich hoch. Er roch nach Arbeit, nach langer, anstrengender Probe. Nach Schweiß. Mir wurde übel.

»Wenn ich dir 'n juten Rat jeben darf«, zischte der Mann, während er mein Ohr wie ein Mikro vor seinen Mund drehte, »dann nimm deine Schnüfflernase und schnüffel irjenzwo anders rum. Sons kann ich janz schön unjemütlich werden.« Sein fauliger Atem ließ mein Bewusstsein schwinden. »Wennze verstehs, wat ich mein.«

Bis zur Ohnmacht waren es höchstens noch zwei Sekunden, aber es war Zeit genug, um mir klarzumachen, dass mich noch niemals zuvor ein Rat so überzeugt hatte. Nicht weil der Bursche so ungemütlich geworden war, sondern weil ich genau wusste, dass ich sterben würde, wenn meine Nase auch nur noch ein Milligramm von dem einatmen musste, was er absonderte.

Dem Mann schien das nicht zu entgehen und offenbar war er nicht gekommen, um mich umzubringen. Also hievte er mich noch mal hoch, holte weit nach hinten aus und warf mich in den Müll zurück, wo ich befreit aufatmete. So und nicht anders musste es im Paradies duften.

12

Als ich aufwachte, duftete es anders, also wusste ich sofort, ich war nicht im Paradies.

Es roch stark nach Orange, und sobald ich die Augen aufschlug, bemerkte ich eine ziemlich dicke Orange, die leuchtete und von einer niedrigen, schiefen Decke herunterhing und ein orangefarbenes Licht verbreitete.

Die Orange war eine Papierlampe mit chinesischen Schriftzeichen darauf. Auf der Fensterbank schmorte eine Räucherkerze.

Ein kleiner Mann näherte sich. Er hatte langes, weißes Haar und trug ein indianisch anmutendes Stirnband. »Da sind Sie ja wieder«, sagte er.

Mülltonnen. Plötzlich hatte ich die Bilder wieder vor Augen: ein schwarzer, böser Schatten, gegen den ich keine Chance hatte, Unrat auf meinem Gesicht. Ein Geruch, der direkt aus der Hölle kam, genauer gesagt, aus den Socken der armen Sünder, die vor dem Jüngsten Gericht geschwitzt hatten und die man jetzt dazu verdonnerte, vor dem Betreten der ewigen Verdammnis die Schuhe auszuziehen ...

»Rudi Kasolasko«, stellte sich der Weißhaarige vor. »Ich habe Sie unten aus dem Müll gefischt.«

»Sie haben mich ...?«

»Kein Thema, Mann. Ich wohne direkt über dem Laden. Und Maren hat mit angefasst.«

»Wo sind die anderen? Die Schauspieler, meine ich.«

»Die sind schon lange zu Hause. Ich war der Letzte, der gegangen ist. Ich und Maren. Wir haben das Licht gelöscht und Abfall vor die Tür gestellt. Bei dieser Gelegenheit haben wir Sie gefunden. – Also, jetzt erzählen Sie mal. Wer hat Sie verprügelt?«

»Einer Ihrer Leute.«

Kasolasko zog die hohe Stirn in Falten, die tief und unergründlich waren wie Gletscherspalten, und schüttelte so lange den Kopf, bis ich bereit war, ihm zu glauben, wenn er dann nur endlich mit dem Schütteln aufhörte.

»Unmöglich«, sagte er. »Ich kenne jeden Einzelnen. Für die lege ich meine Hand ins Feuer.«

»Ich habe ihn aber wieder erkannt«, beharrte ich. »Am Abend während der Probe. In so etwas irre ich mich nicht.«

Der Regisseur winkte ab. »Kann man nie wissen. Manchmal ist man auch abgelenkt. Man starrt lieber die Frau an, die keinen Slip trägt, und hat keine Zeit dazu, seine Beobachtungen zu hinterfragen.«

»Und wie erklären Sie sich dann, dass er mich von hinten angegriffen hat? Er hat mitgekriegt, dass ich ihn wieder erkannt habe. Deshalb hat er mir diese unmissverständliche Warnung zukommen lassen.«

»Ich brauche mir das nicht zu erklären. Weil ich nicht glaube, dass er's war.«

»Jedenfalls vielen Dank, dass Sie mich da rausgeholt haben.«

»Keine Ursache. Ich musste eine Räucherkerze anzünden, anders war dem Gestank nicht beizukommen.«

»Tut mir Leid.«

»Was Sie nicht davon abhält, einen meiner Leute zu verdächtigen.«

»Genau das.«

»Und wenn, was soll er ausgefressen haben? Hat er Ihnen die Brieftasche geklaut, während Sie damit beschäftigt waren, unter Röcke zu schielen?«

»Er spielt in einem anderen Stück mit. Allerdings hat er die gleiche Rolle. Ein düsteres, bedrohliches Element.«

Kasolasko grinste. »Wie habe ich mir das vorzustellen?«

»Er steht bei jemandem vor der Tür und versucht, ihm damit Angst einzujagen.«

»Wie spannend! Um wessen Tür handelt es sich?«

»Um die von Tilo Martens' Eltern.«

»Wie kommt er nur auf diese Idee?«

Ich zuckte mit den Schultern. »Das würde ich gerne herausfinden. Ich bin Privatdetektiv.«

»Ach nee.« Der Regisseur kicherte.

»Was ist daran komisch?«

»Nichts, überhaupt nichts.« Er unterdrückte sein Prusten, aber das breite Grinsen hielt sich noch eine Weile. »Wusste nur nicht, dass es die in Wirklichkeit gibt.«

Ich zog es vor, das Thema zu wechseln. »Was halten Sie von Tilo Martens?«

»Eine echte Begabung, wenn Sie mich fragen. Allerdings eine verhinderte.«

Ich nickte. »Dabei hat er einen so überaus erfolgreichen Vater und einen Star als Schwester.«

»Kim«, bestätigte der Regisseur und bekam einen schwärmerischen Gesichtsausdruck. »Die ideale Besetzung für meine Sharon Stone. Ich habe sie angefleht, aber sie wollte nicht.«

»Kennen Sie sie näher?«

»Nicht nahe genug.« Er seufzte. »Vor einem Jahr habe ich Tilo zu Hause besucht, da habe ich ihr sofort einen Vertrag unter die Nase gehalten. Damals noch für *Psycho*. Aber sie wollte ihren Tennisschläger nicht aus der Hand legen. Da kann man nichts machen. Eine Schande.«

»Vielleicht sollten Sie sie zusammen mit ihrem Lover unter Vertrag nehmen. Der kann Ihnen dann die Reißer exklusiv für Ihre Bühne liefern.«

»Der berühmte Heino Hendrix«, sagte er in gespielter Bewunderung. »Der ist doch nichts weiter als ein Trendartikel. Literaturkritiker zu begeistern, das ist leicht. Aber echte Reißer zu machen, dazu braucht es schon etwas mehr.«

»Deshalb holen Sie sich die lieber aus Hollywood?«

Rudi Kasolasko zündete sich eine Zigarette an, die nach Pfefferminz und Frischhaltetüchern roch und mit der Räucherkerze sofort Streit anfing. Mit dem qualmenden Stängel deutete er auf mich und sein Gesicht wurde ernst. »Der Thriller, mein Lieber, ist das Einzige, was überleben wird.«

»Überleben? Wen?«

»Shakespeare hat nichts anderes als Thriller geschrieben. Sehen Sie sich seine Stücke an. Sehen Sie genau hin. Was glauben Sie denn, was *Macbeth* ist?«

Da er in seinem Element war, war ich vorsichtig. »Ein Thriller«, schlug ich vor.

»Bei *Macbeth* ist bei mir der Groschen gefallen. Das war wie eine Offenbarung. Der Mord an König Duncan, Hexen, dunkle, böse Gestalten, der blutige Dolch – das ist der Stoff, aus dem die Thriller sind! Damals habe ich mir gesagt: ›Wenn man Theater im Film zum Thriller machen kann, wieso nicht Thriller vom Film auf die Bühne bringen?‹ Also habe ich mir erst mal ein paar Hitchcock-Klassiker vorgenommen. *Psycho* schlug ein wie eine Bombe. Dann kam – Moment mal ...«

»Zu Weihnachten *Die Rückkehr der reitenden Leichen.* Wegen der enorm großen Nachfrage.«

»Genau. Dann *Alien* und *Terminator II.* Der ist nicht ganz so gut gelaufen. Für nächstes Jahr habe ich mir *Das Schweigen der Lämmer* vorgenommen.«

»Dann sind Sie also so etwas wie ein Pionier auf Ihrem Gebiet.«

Kasolasko grinste siegessicher. »Immerhin sind wir eine brauchbare Alternative zur endlos gackernden Comedy und in Plastikfolie verpackten Musicals von der Stange. Diese Sachen laufen doch nur weiter, weil sie keinen Abstellknopf haben.«

»Noch nie daran gedacht, etwas weniger Blutrünstiges zu machen als reitende Leichen?«

»Wissen Sie, was mir neulich noch gekommen ist?« Kasolasko sah träumerisch dem Qualm seiner Zigarette nach. Dann malte er mit seinem Arm etwas in die Luft. »Man könnte *Schimanski* oder *Derrick* als Oper bringen. So richtig getragen, in Versform und mit viel Herzschmerz. Ich kenne einen, der mit Musik in dieser Richtung experimentiert. Das könnte den Spielplan der *Weinstube* sensationell bereichern.«

»Endlich eine Weinstube, in der wirklich geweint wird.«

»Aber mein Ding ist das nicht. Mein Anliegen ist der *Special Effect*. Da kannst du alles auf der Bühne machen. Du fühlst dich wie Michelangelo. Die Duschszene in *Psycho*, das ist für den Thriller dasselbe wie die Sixtinische Kapelle für die Kunstgeschichte.«

»Tja, das ist echt interessant. Aber ich glaube, ich werde dann jetzt ...«

»Die meisten denken nur an Blut, zerschmetterte Schädel und Hirnflüssigkeit. Igitt! Damit wollen sie nichts zu tun haben. Aber ich sage Ihnen, auf diesem Gebiet kann man eine Menge machen. Ein glaubwürdiges Gemetzel auf der Bühne, das ist eine Kunst, die es in sich hat ...«

Wenn ich ihn ließ, würde er bis morgen weiterreden. Ich wusste nicht so recht, wie ich ihn stoppen sollte.

Gerade in diesem Moment öffnete sich die Tür.

»Sag mal, willst du eigentlich die ganze Nacht weiterquatschen? Ich dachte, du kommst irgendwann ins Bett.«

Das also war Maren. Die Rothaarige aus dem Theatercafé. Jetzt hatte sie winzige verschlafene Augen und trug nichts weiter als ein Handtuch, das von den Ausmaßen her eher zum Taschentuch als zum Kleidungsstück taugte.

»Wir reden gerade«, erklärte Kasolasko vorwurfsvoll.

Ich lächelte Maren an. »Er kommt jetzt. Ich bin so gut wie weg.«

Sie wartete.

»Also gut«, motzte Kasolasko. »Okay, ich komme.«

Die Rothaarige ließ ihr Handtuch fallen und verzog sich wieder ins Bett.

»Also dann«, grinste Kasolasko. »Ich sehe gerade, ich habe Ihnen noch gar nichts zu trinken angeboten ...«

Es war längst nach drei Uhr, als ich in meine Wohnung stolperte. Den Wagen hatte ich nicht wieder gefunden und zu dieser späten Stunde waren selbst die ausgetretenen Gässchen der Altstadt wie ausgestorben, so dass ich niemanden nach dem Weg hatte fragen können.

Kasolasko, den ich jetzt Rudi nannte, hatte mir irgendein portugiesisches Gesöff aufgedrängt, das einen außer Stande setzte, den eigenen Flur entlang zum Schlafzimmer und ins Bett zu tappen. Glücklicherweise hatte ich einen Anrufbeantworter, dessen freundliches Blinken mir als Leuchtfeuer diente. Zum Dank rief ich den Anruf ab, den er auf dem Herzen hatte.

»Das ist mal wieder typisch«, beschwerte sich eine Stimme, die ich seit Ewigkeiten nicht mehr gehört hatte. »Du treibst dich rum und bist nicht zu erreichen, wenn man dich braucht. Also hör zu: Ich bin ein Riesenidiot, auf deinen Anrufbeantworter zu sprechen, aber ich habe keine andere Wahl. Die Sache ist die: Es gibt da eine Frau, der ich voll vertraut habe. Selber schuld. Jetzt hat sie mich reingelegt und ich sitze ziemlich in der Scheiße. Tja, das war's eigentlich schon. Ich melde mich wieder und dann gehen wir einen trinken, versprochen? Das heißt, wenn ich dazu dann noch in der Lage bin.«

13

Der Rest der Nacht wurde eine Tortur. Ich war leidlich besoffen, außerdem verfolgte mich Henk mit seinem »... wenn ich dann dazu noch in der Lage bin«.

»Sorge dich nicht um mich, Kittel«, rief er mir aus irgendeinem dunklen Raum zu. »Es ist mir Trost genug zu wissen, dass es dir gut geht. Dann kann ich ohne ein schlechtes Gefühl ins Gras beißen.«

Ich träumte von seiner Beerdigung. Sie wurde nicht auf Latein, sondern auf Italienisch verlesen und Pfarrer war der duftende Killer mit dem bunten Hemd. Er verbat sich energisch jeglichen Witz bei diesem traurigen Anlass. Dann hielt er unser Firmenschild hoch:

*KITTEL & (VOSS * 1955 – † 1999) –*
PRIVATE ERMITTLUNGEN

Henks Leben, lobte er in seiner Ansprache, sei ein leuchtendes Beispiel sowohl für Arme als auch für Entrechtete gewesen, und sein tragisches Schicksal habe ihn ereilt, während sein leichtlebiger Partner im Vollrausch durch die Altstadt getorkelt sei und den so gut wie neuen Wagen, für den der Verstorbene hart hatte arbeiten müssen, ohne Skrupel seinem Schicksal überlassen habe. Er verstummte und alle Trauergäste drehten sich nach mir um.

»Dazu kommt, dass er sich an den Meistbietenden verhökert«, sagte Melanie Storck in die Grabesstille hinein.

Ich erwachte und kämpfte von da an gegen das Einschlafen, aus Angst vor der Trauergemeinde.

Obwohl mir bewusst war, dass es als selbst auferlegte Strafe nicht ausreichen würde, verzichtete ich am nächsten Morgen auf das Frühstück.

Das Wetter war saumäßig, es nieselte, also zog ich eine leichte, sommerliche Jacke über und machte mich auf den Weg zum Büro, vielleicht um mich davon zu überzeugen, dass das Schild auf unserer Bürotür sich von dem unterschied, das mir im Traum erschienen war. Aber es konnte ja auch sein, dass Henk sich in der Nähe herumdrückte und auf eine Möglichkeit wartete, mich unauffällig zu kontaktieren.

Nachdem ich eine Viertelstunde im Regen gestanden hatte, ging es mir schon besser. Ich drehte noch zwei Runden um den Rathenau-Platz, bis meine Sommerschuhe sich mit Nässe vollgesogen hatten und wie Bleigewichte an meinen Füßen hingen. Aber Henk ließ sich nicht blicken.

Ich musste niesen. Höchste Zeit, meine Bußübung abzubrechen und mich irgendwo aufzuwärmen, wenn ich mir eine Grippe ersparen wollte, deren Ausmaße sogar Tilo Martens Respekt eingeflößt hätten. Ich watete zum Barbarossa-Platz und stellte mich beim nächstbesten Schnellimbiss an.

»Einmal Pommes rot-weiß hätte ich gerne«, bestellte der Mann vor mir.

Er hatte eine tiefe, getragene Stimme und sah wie ein Geistlicher aus. Ich starrte ihn an, als ob ich noch nie zuvor einen gesehen hätte. Dabei waren Priester schließlich keine höheren Wesen, die sich ausschließlich von Brot und Wein ernährten, und ab und zu mochte sie der Heißhunger nach einer Portion Pommes packen. Der Gottesmann nahm seinen Pappteller in Empfang, platzte sich lässig auf einen Hocker und schob sich die Kartoffelstäbchen Stück für Stück in den Mund, nachdem er sie wie Pinsel erst durch die weiße, dann durch die rote Pfütze geschleift hatte. Seinen schwarzen Hut und Mantel hatte er währenddessen auf den Flipperautomaten neben sich gelegt.

Während ich meine Currywurst verputzte, stellte ich mir vor, er hätte die Kleidungsstücke gar nicht erst abgelegt. Er hätte noch dunkler ausgesehen, geradezu düster, aber dafür weniger geistlich. Eher wie *Wild Bill Hickhock,* einer der legendären Revolverhelden des Wilden Westens, dessen Farbe Schwarz gewesen war, als Symbol für die Angst und den namenlosen Schrecken, die er um sich her verbreitet hatte.

Der Mann warf die leere Papierschale in den Abfalleimer und machte sich bereit, dem Sauwetter draußen zu trotzen. Er trat vor die Tür und setzte den Hut auf. Endlich fiel bei mir der Groschen.

Er fiel so plötzlich, dass ich mich an meiner Wurst verschluckte. Ich lief rot an, prustete und keuchte, was mindestens fünf der Anwesenden dazu veranlasste, wie wild auf meinen Rücken einzudreschen. Als es mir gelungen war, sie abzuschütteln, sah ich gerade noch, wie *Hickhock* sich anschickte, die S-Bahn zu betreten.

Wie gewöhnlich dauerte es eine ganze Weile, bis die Bahn losruckelte, so dass ich Zeit genug hatte zuzusteigen. Ich sicherte mir einen günstigen Platz und behielt den Schwarzen im Auge bis zum Chlodwig-Platz, wo er die Bahn verließ. Er machte nicht gerade einen frischen Eindruck. Wahrscheinlich hatte er Martens schon am frühen Morgen die Aussicht verdorben. Jetzt hatte er sich mit einem kleinen Imbiss gestärkt und war auf dem Weg in den verdienten Feierabend.

Vom Sachsenring bog er in eine Seitengasse ab und verschwand nach wenigen Metern in einem Hauseingang.

Ich wartete eine halbe Minute, dann kam ich nach. Einige der Namensschilder neben den Klingelknöpfen waren völlig unlesbar, andere sorgfältig mit Schreibmaschine getippt. Eins war aus lila Papier mit einer Friedenstaube darauf und enthielt nur Vornamen. Davon kam mir einer bekannt vor. Ich klingelte.

Da die Wohnung im obersten Stockwerk lag, war es vom Schnarren des Türöffners bis zum Eingang noch ein beachtlicher Weg. Als ich an die Wohnungstür klopfen wollte, wich sie vor mir zurück.

»Kittel! Was haben Sie denn hier zu suchen?«, wollte Melanie wissen.

»Ich brauche nichts mehr zu suchen. Ich habe etwas gefunden. Den schwarzen Mann.«

Sie machte ein ungläubiges Gesicht. »Und Sie haben sich hierher bemüht, um mir das zu sagen?«

»Verkaufen Sie mich nicht für dumm«, riet ich ihr barsch. »Er wohnt hier und Sie wissen das genau.«

»Will er dir Ärger machen, Melanie?«, erkundigte sich jemand von drinnen. Ein schmächtiger Student im Feinrippunterhemd und mit einer John-Lennon-Brille auf der winzigen Nase trat hinter sie.

»Und wenn?«, schnaubte ich angriffslustig. »Was wollen Sie dagegen unternehmen? Mit mir diskutieren oder eine Unterschriftenaktion gegen mich anzetteln?«

»Danke, Alf. Schon gut.« Melanie trat einen Schritt zurück und es hätte nicht viel gefehlt und sie hätte den armen, kleinen Alf zerquetscht. »Na schön«, wandte sie sich an mich, »kommen Sie rein.«

Ich trat durch den winzigen Flur in eine geräumige Wohnküche, in der mehrere Generationen gebrauchter Kaffee- und Teetassen von harter politischer Arbeit zeugten.

Don't be happy – worry!, mahnte ein kleines, einfach gehaltenes Plakat die Bewohner der Küche, sich nur so weit um das leibliche Wohl zu kümmern, als es der Erhaltung und Wiederherstellung der politischen Kampfkraft diente. Fröhlichkeit war verdächtig in einer Welt der antifaschistischen Aktion und des täglichen Kampfes gegen die Klimakatastrophe, und wer Humor haben wollte, musste sich dafür eine Sondergenehmigung holen. Der Meinung waren auch Rosa Luxemburg, Che Guevara und jener Südtstadt-Heilige, der Erfinder des Mundartrock, der inzwischen eine Art Willy Millowitsch der Hausbesetzerszene geworden war.

»Ich habe den Mann zufällig am Barbarossa-Platz gesehen und bin ihm bis hierher gefolgt.«

»Bis hierher?«, mischte sich Alf ein. »Also bis zum Haus.«

»Ja, wohin sonst.«

»Woher wollen Sie dann wissen, ob er hier in diese Wohnung gegangen ist?«

Was bildete der sich ein? Schrieb ich ihm etwa vor, wie er seine Seminararbeiten abzufassen hatte?

»Wer wohnt noch hier?«, fragte ich Melanie, ohne Alf zu beachten.

»Mannie«, sagte sie. »Manfred Gerresheim.«

»Kann ich ihn sprechen?«

Sie schüttelte den Kopf. »Ich glaube kaum. Er kommt gerade von der Arbeit und haut sich jetzt erst mal hin.«

»Sag ich doch!«, triumphierte ich. »Wie sieht er aus?«

»Groß und schlank, schwarze Hose, schwarzer Hut, schwarzer Mantel«, beschrieb ihn ihr Mitbewohner.

»Das ist er!«, rief ich.

Alf grinste müde.

»Und wenn Sie sich alles einbilden?«, schlug Melanie vor.

Allmählich hatte ich diese Komödie satt. »Dieses Nachtgespenst hat mich gestern von hinten angefallen. Das habe ich mir nicht eingebildet.«

Alf, der Schmächtige, grinste schadenfroh. »Da haben Sie sich wohl mächtig erschreckt, was?« Er deutete auf den Boden, auf dem ich stand. Da war eine Wasserpfütze.

»Blödsinn. Das ist vom Regen.«

»Vom Regen.«

»Haben Sie vielleicht ein Handtuch?« Ich nieste. »Ich habe dummerweise vergessen, Regenzeug überzuziehen.«

»Gesundheit.« Melanie reichte mir etwas, das wie eine ehemalige DDR-Flagge aus Frottee aussah, geleitete mich auf den Flur und zeigte auf eine Tür. Ich verschwand ins Badezimmer.

Es gab eine Badewanne auf Füßen und ein Waschbecken mit einer uralten Messingarmatur, die einen komplizierten Jazzrhythmus tropfte. Eigentlich hätte es ein gemütliches Klo sein können, das den langen Aufenthalt lohnte. Aber es gab nicht eine einzige Illustrierte, nur politische Pamphlete. Aus linken Zeitungen säuberlich ausgeschnittene Artikel über skandalöse Verhältnisse. Aufrufe, Schuldzuweisungen, Sammlungsbefehle. Witze mit politisch korrekter Pointe, über die man nicht lachen musste, sondern die einem zu denken gaben.

Als ich halbwegs trocken zurückkehrte, saßen drei Leute in der Küche. Mannie Gerresheim trug eine weinrote Hose und ein giftgrünes Hemd, als wollte er die Farblosigkeit der Berufskleidung in seiner Freizeit wettmachen.

»Mich können Sie damit nicht täuschen«, sagte ich.

Mannie grinste. »Ach komm, jetzt hör doch auf, Mann!«

»Sie haben mich gestern in der Altstadt überfallen und ...«

»Mann, seh ich vielleicht so aus, als hätte ich jemanden überfallen?« Er breitete die Arme aus wie ein Pfarrer, der die Gemeinde zum Gebet rief. Jetzt sah er wirklich nicht mehr so aus.

»Ich wüsste schon, wer Sie verprügelt haben könnte«, sagte Melanie und stellte mir eine Tasse Kaffee hin.

»Na endlich«, freute ich mich.

»Roch der Mann nach Schweiß?«

»Was?«

»Hatte er Schweißgeruch?«

»Wieso?« Ich schnüffelte in Mannies Richtung und erntete von ihm einen wütenden Blick.

»Wenn ja, dann war es der Gorilla Ihres Auftraggebers.«

»Schrader heißt der Mann«, erklärte Alf. »So viel haben wir schon rausgekriegt.«

»Wir?«

»Die Aktionsgruppe Mölling. Wir sorgen dafür, dass der Mord an ihm nicht vertuscht und vergessen wird.«

»Und deshalb spuken Sie vor seinem Grundstück herum?«

»Buh!«, machte Mannie.

»Wir spuken nicht«, dozierte Alf herablassend. »Es handelt sich um eine gewaltfreie Aktion mit Symbolcharakter, die darauf abzielt, Schuldgefühle in der Person des Schuldigen zu mobilisieren und als Selbstzerstörungskräfte gegen denselben zu nutzen. Lesen Sie Gandhi. Lesen Sie Helferich.«

»Helferich?«

»Ernst Helferich, ein Soziologe, der zu Anfang dieses Jahrhunderts hier im Viertel gelebt hat, der aber bis Ehrenfeld und Nippes bekannt war. Er hat sich besonders mit ...«

»Schon gut«, unterbrach ich ihn. »Ersparen Sie mir Ihre Diplomarbeit.«

»Dieser Schrader ist gefährlich«, meinte Melanie ernst. »Das ist ein Mörder, den müsste sich einer vornehmen.«

»Was meinen Sie mit vornehmen?«, erkundigte ich mich vorsichtig. »Zusammenschlagen, entführen oder abknallen?«

Sie zog eine mitleidige Grimasse. »Klar, dass Sie mir jetzt mit Recht und Ordnung kommen. Bei so einem nehmt ihr es immer ganz genau.«

»Das kommt ganz drauf an«, widersprach ich. »Wenn der Preis stimmt, bin ich dabei. Ich verhökere mich immer an den Meistbietenden.« Ich stand vom Tisch auf. »Danke für den Kaffee.«

»Was werden Sie jetzt unternehmen?«, fragte Melanie.

Während ich meine nasse Sommerjacke überstreifte, trat ich vor das schwarze Brett neben der Tür und ließ einen kurzen Blick über Zeitungsausschnitte und Kampfparolen schweifen.

»Ich werde meinem Auftraggeber raten, seine Selbstzerstörungskräfte zu pflegen, und dafür eine Menge Geld kassieren. – Wer ist das?« Ich deutete auf ein Foto zwischen den Schnipseln.

»Das ist Marius«, erklärte Melanie, die neben mich getreten war. »Keine sechs Wochen, bevor er ...«

»Nein, ich meine den Mann neben ihm.«

Sie zuckte mit den Schultern. »Keine Ahnung. Irgendein Freund oder Kollege.«

Ich tippte auf Freund, nicht nur, weil die beiden so lässig und ungezwungen in die Kamera lächelten. Mölling hatte sogar den Arm um die Schulter des anderen gelegt. Außerdem kannte ich den Mann. Das ungewohnte Outfit – Jeans, Lederjacke und Sonnenbrille – machten mich zunächst unsicher und ließen mich näher herantreten, um genau hinzusehen. Dann hatte ich keinen Zweifel mehr: Möllings Freund hieß Heino Hendrix.

14

Als ich nach Hause kam, war es schon nach fünf, aber der Tag hätte ebenso gut schon um drei zu Ende gewesen sein können. Es war längst dunkel, aber nicht, weil der Abend nahte, sondern weil die Sonne sich gesagt hatte, dass sie bei der alltäglichen trüben Suppe auch daheim bleiben konnte.

Ich fand die Wohnungstür offen vor und war sofort auf der Hut. Auf Zehenspitzen schlich ich hinein und knipste kein Licht an.

»Henk«, flüsterte ich in das Dunkel. »Bist du das?«

Es herrschte ein seltsamer Geruch. Er war unangenehm, abgestanden und doch aggressiv beißend, trotzdem konnte ich ihn nicht sofort identifizieren. Als es mir gelang, war es zu spät.

Direkt neben mir atmete jemand. Mir wurde schlecht.

»Ich hab doch jesacht, du solls irjenzwo anders schnüffeln!«

»Was wollen Sie von mir?«

»Mensch, ich mach dich alle, wenn ich dich noch einmal erwisch ...«

»Erwischen? – Aber ich wohne hier.«

»Also, pass auf. Ich sach dat nur einmal.«

Ich konnte nicht mehr. Ich musste einatmen, obwohl ich wusste, dass mir das den Rest geben würde.

»Dat janze Zeuch, wat vorher war. Dat jeht kein Schwein mehr wat an. Kapiert?«

»Vorher?«, keuchte ich, am Ende meiner Kraft. »Welches Zeuch denn?«

Diesem Gestank war nicht beizukommen, wenn ich einfach nur lüftete. Ebenso wenig wie man diesen Mann hinauslüften konnte. Wahrscheinlich würde ich ausziehen müssen ...

Schrader ließ sich auf meiner Couch nieder. Er hatte

ein kantiges, geradezu viereckiges Gesicht. Von beiden Mundwinkeln führten zwei Falten zu den Gesichtsecken, auf denen sich wie Steilwände, mit Ohren beklebt, Backen und Schläfen erhoben. Er hatte kurze, muskulöse Arme, die an seinem massigen Körper wie Zangen an einem Krebs aussahen. Auf seiner Thermojacke in verwaschenem Grün, genau unter der Stelle, wo die Arme am Körper befestigt waren, breiteten sich große dunkle Flecken aus. Sie schüchterten mich mehr ein als ein auf mich gerichteter entsicherter Revolver.

»Damals hab ich Heino die Sachen nämlich jejeben und da war nix Schlimmes dabei. Aber jetz kommt der Blödmann an und will alles jroß ausposaunen. Ich sach Ihnen: Der war dat selbs schuld!«

»Was denn ausposaunen?«

In diesem Moment klingelte es an der Tür.

Der Krebs ruderte verunsichert mit den Armen. »Wer is dat jetz?«, fuhr er mich an.

»Woher soll ich das wissen? Jemand hat geklingelt«, erklärte ich.

»Versuch bloß nich, mich zu verarschen!« Er sprang auf und schubste mich rüde zur Seite. »Dat weiß ich selbs!«

Der Nachteil seiner schrecklichen Waffe war, dass er seine Anwesenheit vor unerwartetem Besuch nicht verbergen konnte, indem er sich im Schrank versteckte. Offenbar war er sich darüber im Klaren.

Ein letztes Mal schwenkte er seine Faust vor meinem Gesicht. »Ich hab dich jewarnt.«

Er sprang auf, lief den Flur entlang und schob sich aus der Tür. Das Tappen seiner Schuhe im Treppenhaus mischte sich mit denen, die auf dem Weg herauf waren. Ein dumpfes Stampfen wie von einem prähistorischen Koloss gegen das klare, knappe Stakkato hoher Absätze.

Schrader hatte gerade so etwas wie einen Tathergang erwähnt. Leider hatte er nicht gesagt, welchen. Etwas, das kein Schwein mehr anging. Wer war der Blödmann, der alles ausposaunen wollte? Und was wollte er ausposaunen? Dass er, Schrader, Heino irgendwelche Sachen gegeben hatte, wo angeblich nichts Schlimmes dabei gewesen war?

Clever, wie er war, hatte mir dieser Mann ein Rätsel aufgegeben, das es in sich hatte. Er hatte mir alles verraten und dennoch kein Wort preisgegeben. Der rohe, schwitzende Bursche war ein Meister des genial eingefädelten Verbrechens.

Dankbar und wie ein Verdurstender streckte ich die Nase aus der Wohnung und sog den miefigen, leicht mit Urin angereicherten Geruch des Treppenhauses ein wie die erfrischende Brise der hohen See.

Der Mann, dessen Ausdünstungen die Genfer Konvention jederzeit in ihren Ächtungskatalog aufgenommen hätte, war alles andere als clever. Er war genau das Gegenteil. Er hatte sich nicht einen Moment klargemacht, dass es besser war, den Mund zu halten, wenn man jemanden davon abhalten wollte, etwas herauszufinden. Leider konnte ich von seiner Beschränktheit in keiner Weise profitieren, da sie ihn gleichzeitig außer Stande setzte, auch nur einen einzigen Satz so herauszubringen, dass irgendjemand ein Wort davon verstand.

Die Frau, die die Stufen zu meiner Wohnung heraufstöckelte, war groß, kräftig und rothaarig. Eigentlich war sie nicht wirklich kräftig, das sah nur so aus, weil sie ständig fror und deshalb unter ihrem Wintermantel so viele Klamotten übereinander trug wie eine überaus erfolgreiche Kaufhausdiebin. Auch war sie nicht wirklich rothaarig. Sie färbte ihr Haar, weil sie hoffte, damit als etwas Besonderes zu gelten, als irgendwie individueller als die anderen Individuen. Leider sahen das zu viele Frauen genauso.

»Endlich trifft man dich mal an«, rief sie mir von der Treppe aus zu.

»Hallo, Babsi«, sagte ich.

»Kittel, lange nicht gesehen.« Sie machte ein paar Schritte in die Wohnung und blieb dann schnüffelnd stehen. »Du solltest mal andere Sachen kochen«, riet sie mir.

»Das hat nichts mit Essen zu tun.«

»Weißt du, woran mich das erinnert? Letztes Jahr sind bei uns in der Pathologie die Kühlsysteme ausgefallen, mitten im heißesten Sommer. Die meisten Kollegen haben sich nach ein paar Tagen krankgemeldet. War einfach nicht zum Aushalten.«

»Tut mir Leid.« Ich machte einen Rundgang durch die Zimmer und öffnete alle Fenster. »Lass uns irgendwohin gehen.«

Zehn Minuten später saßen wir an einem Tisch im *La Mancha*. Jiorgos zückte sein Feuerzeug und entzündete die Tischkerze.

»Was verschafft mir die seltene Ehre?«, fragte ich.

»Auf dem Anrufbeantworter klangst du so – schockiert.« Barbara Bonnek nahm die Kerze, hielt sie vor ihr Gesicht und verband beides mit einer Zigarette. »Das hat mich neugierig gemacht.«

»Und da kommst du erst jetzt?«

»Ich hatte zu arbeiten. Zurzeit ist Hochsaison und mein Chef ist in Urlaub.«

Ich grinste. »Weihnachtsgeschäft, was?«

»Offenbar wollen einige ihre Morde noch erledigen, um sich dann in aller Ruhe ihren Weihnachtsgeschenken widmen zu können.«

»Hast du was von Henk gehört?«

Sie zuckte mit den Schultern. »Bis jetzt jedenfalls ist er mir nicht auf den Tisch gekommen.«

Ich gab mir Mühe, ihr die Geschmacklosigkeit nicht übel zu nehmen. Gerichtsmediziner hatten eine ganz eigene Art zu scherzen.

»Auf dein spezielles, Kittel.« Sie kippte ihren Aperitif-Ouzo erstaunlich schnell. Als ich gleichziehen wollte, merkte ich, dass sie meinen genommen hatte. Ihren musste sie abgefangen haben, noch bevor Jiorgos Gelegenheit gehabt hatte, ihn auf den Tisch zu stellen.

»Henk steckt in irgendeinem Schlamassel«, sagte ich. »Da sind tumbe Typen hinter ihm her, die ihn fertig machen wollen. Sie lassen nichts unversucht, um an ihn ranzukommen. Also werden sie irgendwann auch bei dir aufkreuzen. Deshalb wollte ich dich warnen.«

»Was sollten die von mir wollen?«

»Rauskriegen, wo Henk steckt.«

»Ich habe nicht die leiseste Ahnung.«

»Das werden die dir nicht abnehmen. Außerdem könnten sie versuchen, ihn zu zwingen, aufzutauchen, indem sie sich dich greifen.«

Sie kicherte. »Komm schon, Kittel, wir sind erwachsene Menschen.« Die Tatsache schien für sie ein Problem zu sein. »Du meinst, die sind hinter ihm her, weil er diese Tussi hat?«

Babsi war so freundlich, mir das Essen bei Jiorgos auszugeben. Danach zogen wir noch in drei andere Kneipen. Sie erzählte mir von der interessanten Arbeit mit ihren Leichen und der langen, wechselvollen Beziehung zu Henk.

»Er ist einer, der immer zurückkommt«, sagte sie. »Zwischendurch laufen ihm diese zwanzigjährigen Girlies über den Weg, du weißt schon, die mit den langen Beinen und den tollen Titten, und die vernascht er dann. Er meint es nicht böse, aber er kann eben nicht anders. Und wenig später ist er wieder da. Ich frage dich, wie lange du so was mitmachen würdest.«

»Ich?«

»Ja. Wärst du der Typ für so was?«

»Kommt drauf an«, meinte ich. »Als Zwanzigjährige oder als Henk?«

»Er will seinen Spaß und ich soll immer da sein und ihn nach seinen Abenteuern wieder in mein Bett lassen. Ich sag dir, irgendwann ist Schluss damit.«

Ob es mir passte oder nicht, ich begann Babsi allmählich in einem anderen Licht zu sehen.

»Was meinst du«, fragte sie, nachdem sie mich zum

letzten Drink eingeladen hatte. »Du kennst Henk. Du bist sein Freund. Sein Kollege. Kann man ihn damit beeindrucken, indem man ihm mit gleicher Münze heimzahlt?«

»Du meinst ...«

»Genau«, sagte sie heiser.

»Also ... möglich wär's. Ihr seid schließlich erwachsene Menschen ...«

Wir brachen auf. Ich war zu diesem Zeitpunkt hauptsächlich damit beschäftigt, mich daran zu erinnern, wer ich war und wo, was mir von Minute zu Minute schwerer fiel.

»Du bist anders als Henk«, sagte Babsi ernst. Sie meinte es als Kompliment, als seien die meisten Männer so wie Henk, und wenn es irgendetwas gäbe, wofür man Männer verabscheuen müsse, dann, dass sie so seien wie Henk.

»Anders?«

»Du hast dir Sorgen um mich gemacht. Das war deiner Stimme auf dem Anrufbeantworter anzuhören. Darin war nicht nur Sorge um mich. Darin war mehr. Da war ...«

Barbara Bonnek bestand darauf, dass ich sie nach Hause begleitete, falls die Mafiosi inzwischen auf sie warteten. Sie wohnte in einer der besseren Gegenden in Sülz, wo man die ganze Straße in helles Licht tauchen konnte, einfach indem man nah genug an Hauseingängen vorbeiging, und wo ein Streifenwagen wie aus dem Nichts auftauchte, sobald man nur eine Bierdose über die Straße kickte.

Henk wusste nicht, was er an dieser Frau hatte. Wie konnte er nur so oberflächlich und phantasielos sein, dass ihm nichts Besseres einfiel, als Beinen und Titten hinterherzulaufen? Was hatte Gott dazu veranlasst, die Männer als tumbe Triebwesen zu erschaffen, während die Frauen sensibel waren, sympathisch und nur auf innere Werte bedacht, über die man sich austauschen konnte und die man nicht angaffte? Anstatt mich über diese Ungerechtigkeit zu ärgern, hasste ich mich nur selbst.

Henk hatte Babsi nicht verdient, und ich auch nicht.

»Also dann«, verabschiedete ich mich. »War ein netter Abend.«

»Nur noch ein Glas. Das bin ich dir schuldig.«

Um die Drinks zu holen, verschwand sie im Bad. Als sie zurückkehrte, sah sie alles andere als kräftig aus, weil sie sich ihrer diversen Winterkollektionen entledigt hatte. Sie trug etwas Schwarzes, Seidiges, das ihren Körper im besten Licht erscheinen ließ und perfekt mit ihrer roten Haarfarbe harmonierte.

»Heh?« Babsi warf mir einen von diesen Blicken zu, die die Lösung aller Rätsel der Welt banal und unwichtig erscheinen ließen. »Wieso hast du denn noch etwas an?«

Genau hier war der Punkt, an dem ich eine Vollbremsung machen musste, wollte ich nicht noch heute dem Club derer beitreten, die so waren wie Henk. »Moment mal«, wehrte ich mich vorsichtig. »Du bist immerhin noch die Freundin meines besten Freundes ...«

»Das war ich«, flüsterte sie, während sie sich an mich schmiegte. »Aber jetzt nicht mehr. Jetzt ist er ja mit dieser Schlampe zusammen. Und deswegen wird sich Milano schon um ihn kümmern ...«

»Milano?« Es durchfuhr mich wie ein elektrischer Schlag. »Du kennst ihn? Was meinst du damit, er wird sich um ihn kümmern?«

»Der Mann ist eifersüchtig wie alle Südländer«, zischte sie boshaft. »Bei ihm ist es allerdings geradezu krankhaft. Wenn einer sich an seiner Tussi vergrapscht, wird er zum Tier.«

»Aber woher weiß er, dass ...«

»Dass Henk mit seiner Frau zusammen ist? Kittel, ich bitte dich.« Babsi räkelte sich lasziv und erinnerte an eine Schwarze Witwe, die tödlichste aller Giftspinnen. »Wir beide sind erwachsene Menschen.«

15

Der Sadist im Seidenhemd und sein Freund, der Killer, waren gar nicht so übel, wie ich angenommen hatte. Sie hatten Henks Wohnung nicht durchwühlt. Auch hatten sie nicht die Fische krepieren lassen, die Bilder mit Farbe besprüht und den Bildhalter kaputtgemacht. Das war Babsi gewesen.

Henk konnte schon seit Tagen zurück sein. Er konnte längst qualmend in seinem Büro sitzen und mich mit seinen endlosen Vorträgen über Kalt- und Warmwasserfische von der Arbeit abhalten. Wenn Babsi, seine geliebte Schlange, dem skrupellosen Killer nicht einen Tipp gegeben und ihm Henk auf dem Tablett serviert hätte.

Barbara Bonnek hatte ihm das alles eingebrockt.

Das war Grund genug, ihr Bett augenblicklich zu verlassen und keinen Pfifferling mehr auf ihre schwarze, seidene Unterwäsche zu geben, auf ihre aufregende weiche Haut und die prickelnde Wärme ihres Körpers. Aber ich war Profi genug, um zu wissen, dass ich einen Fall nur lösen konnte, wenn ich mir Informationen verschaffte und dafür auch bereit war, schon mal eine Fünf gerade sein zu lassen. Henks Überleben konnte schließlich davon abhängen, dass ich endlich erfuhr, in welcher Klemme er steckte.

Und das, was sie wusste, erzählte mir Babsi eben nicht währenddessen, sondern erst nachher.

Demnach war Henk auf dem Weg zum Flughafen damit herausgerückt, dass er sich in eine gewisse Ariana di Maggi verknallt hatte. Er hatte sie bei seinen morgendlichen Joggingrunden im Grüngürtel kennen gelernt. Und jetzt hatten sie sich irgendwo in Italien verabredet.

»Ob es mir etwas ausmache, wollte er wissen.« Babsi grinste böse, während sie im Schneidersitz auf dem Bett hockte und qualmte. »Was sollte mir das ausmachen? Ich habe keine Besitzansprüche an Henk. Wir beide sind schließlich erwachsene Menschen.«

Daraufhin hatte sie ihm sein Gepäck vor die Füße geworfen und gesagt, er solle sich nicht einbilden, dass sie in zwei Wochen wieder hier aufkreuze, nur um ihn und sein kleines Flittchen in ihr kuscheliges Liebesnest zu kutschieren. Damit war die Sache für sie erledigt gewesen.

Im wahren Sinn des Wortes ließ sie die armen Fische ausbaden, was Henk sich in ihren Augen geleistet hatte. Und als die kleinen, unschuldigen Dinger bereits seit Tagen mit ihren silbernen Bäuchlein nach oben im Wasser trieben, drang Babsi in Henks Haus ein, tobte sich mit der Sprühdose wie eine pubertierende Studentin an seinen Bildern aus und stöberte in seinen Schubladen herum. So fand sie Namen und Adresse ihrer Rivalin und dank ihrer Kontakte zur Kripo war es ein Leichtes, in Erfahrung zu bringen, dass Arianas Mann, der so genannte Milano, ein italienischer Yachtbesitzer mit Wohnsitz in München war, der seine Kohle mit Nachtclubs im Amsterdamer Rotlichtviertel machte. An ihn schickte sie ein paar harmlose Zeilen:

Falls Sie Ihrer Frau mal nicht so recht trauen sollten, kann ich Ihnen einen gewissen Henk Voss als Detektiv empfehlen. Er ist mit dem Objekt seiner Beschattung bereits bestens vertraut.

»Du willst schon gehen?«, fragte Babsi.

»Ja«, antwortete ich. »Was dagegen?«

»Ist was mit dir? Du bist so – anders ...«

»Du wiederholst dich.«

Ich stand auf und zog mich an, denn ich hatte genug gehört. Keine Sekunde länger hielt es mich in diesem Bett. Möglich, dass Babsi Recht hatte. Dass Männer wie ich, die wie Henk waren, nur auf äußerliche Dinge schauten, auf Brüste, Hintern und Beine. Innere Werte –

jene obskuren Dinge also, die den Frauen angeblich einen wohligen Schauer über den Rücken jagten, interessierten sie nicht, und deshalb fiel ihnen auch nicht auf, wenn sie überhaupt nicht vorhanden waren.

Frauen wie die Bonnek wurden ihnen so zum Verhängnis.

Für den Fall, dass Henk sich doch zu unserem Büro trauen sollte, ging ich am nächsten Morgen kurz dort vorbei und hinterließ einen Zettel an der Tür: *Bin bis nachmittags bei Zeltinger*.

Kaum, dass ich im Laden war, knallte Olga Öllisch mir ein Buch vor die Nase: *Kalte Hand im blauen Wasser*.

»Der neue Hendrix«, erklärte sie, als hätte ich das Buch bestellt.

»Was ist das?«, fragte ich. »Eine Horrorgeschichte oder ein Bericht über abartige Vorlieben einzelner Körperteile?«

»Das ist Gegenwartsliteratur«, schnappte Olga schlecht gelaunt.

Es war wieder laut im Buchladen. Lämmerhirt, der Chef, war von seiner Tagung zurück und schleimte sich bei den Stammkunden ein. Er sparte nicht mit billigen Komplimenten und das konnte bei ihm nur heißen, dass er sie irgendwo umsonst bekommen hatte.

Für mich hatte er nur Belehrungen übrig, die er von seinem metaphysischen Seminar mitgebracht hatte.

»Das Mindeste, was ich von einem Detektiv erwarten kann«, erklärte er, »ist, dass er ein Gefühl für seine Kundschaft entwickelt. Er muss jemandem ansehen, ob er der Typ ist, der ein Buch klaut oder nicht.«

»Nicht nur das«, bestätigte ich. »Er muss ihm sogar ansehen, ob er das Buch als Geschenk klaut oder weil er es selbst lesen will.«

Sein Mund verzog sich zu einem säuerlichen Lächeln. »Ich möchte Ihnen eine kleine Übung vorschlagen. Sie, Kittel, sagen mir bei jedem Kunden, der den Laden betritt, zu welcher Kategorie er gehört. Liegen Sie richtig, gewinnen Sie fünf Mark. Irren Sie sich, verlieren Sie den Betrag.«

Lämmerhirt überraschte mich. Leute wie er wetteten, wenn überhaupt, dann nur auf todsichere Dinge wie auf den Sonnenaufgang, die Geltung von ehernen Naturgesetzen oder den Abstieg des FC.

»Ich spiele nicht um Geld«, weigerte ich mich.

»Nehmen wir zum Beispiel diese Kundin.« Lämmerhirt deutete auf eine ältere Dame vom Typ nette Oma auf der Suche nach einem Märchenbuch für ihre Enkel.

»Nun?«, wartete der Chef ungeduldig. »Ihr Gebot, wenn ich bitten darf.«

»Vorsicht!, würde ich sagen. Ein altes Mütterchen, das kein Wässerchen trübt und seine Tage mit Kuchenbacken und Stricken verbringt.« Ich winkte fachmännisch ab. »Eine uralte Masche.«

Lämmerhirt grinste spitzbübisch. »Und wenn ich Ihnen jetzt sage, Kittel, dass sie eine Stammkundin ist, die seit zwanzig Jahren bei uns einkauft und bisher nicht einmal ein Buch umgetauscht hat?«

»Ich würde sagen, dass sie vielleicht noch eine Portion cleverer ist, als wir beide annehmen«, sagte ich. »Aber jetzt sind Sie dran.«

Kurz darauf betrat Tilo Martens den Laden. Das war meine Chance.

»Das ist leicht«, freute sich Lämmerhirt. »Ein junger Mann, fahrig und orientierungslos. Ohne feste Beschäftigung. So genanntes psychosoziales Strandgut. Geben Sie dem Kerl ein paar Minuten und er greift sich ein beliebiges Buch aus dem Regal, nur um es drüben auf der Domplatte zu verramschen und sich eine Spritze dafür zu kaufen.«

»Ich halte dagegen«, gab ich kühl zurück, »und erhöhe auf zehn Mark.«

Das konnte er nicht auf sich sitzen lassen. »Fünfzehn«, sagte er trotzig.

»Ihre fünfzehn«, antwortete ich und gab mir Mühe, unbeteiligt auszusehen, »und noch zehn dazu. Der Mann ist sauber.«

Lämmerhirt begann zu schwitzen. Er war Geschäftsmann bis ins Mark und hatte es geschafft, selbst seinen Verdauungsapparat dazu zu bringen, nichts zu verschenken, damit jedes Geschäft, das er machte, den Namen auch wirklich verdiente. Sämtliche Energiesparkonzepte der Umweltschützer wirkten gegen Lämmerhirt üppig und verschwendungssüchtig. Er war stolz darauf, Papiertaschentücher mehrmals zu benutzen, und vielleicht der einzige Mensch auf der Welt, der sparen konnte, *indem* er konsumierte. Darin war er ein Ass. Aber Poker war nicht seine Stärke.

»Na schön«, stieß er hervor. »Sie wollen es ja nicht anders.«

Es ging mir nicht um die paar Kröten. Aber Lämmerhirt wollte mir meine Unfähigkeit vor Augen führen, und das sollte er bereuen. Außerdem war ich mir sicher, dass die paar Kröten für ihn alles bedeuteten.

Noch hatte mich Tilo nicht bemerkt, aber das war nur eine Frage der Sekunden. Damit er mir nicht alles verdarb, musste ich ihm zuvorkommen.

Als Lämmerhirt ein Telefongespräch entgegennahm, nutzte ich die Gelegenheit, mich hinter einem Regal an Tilo heranzuschleichen.

»Suchen Sie mich?«

Er fuhr herum und starrte mich an. Tilo sah bleich aus, als sei er der leibhaftige Tod, der neuerdings nicht mehr mit der Sense, sondern mit einem Buch-Mitbringsel bei den Menschen aufkreuzt.

»Kittel! Ich fand Ihren Zettel an der Tür ...«

»Was wollen Sie von mir?«

»Sie müssen mir helfen. Dringend!«

»Geht aber nicht. Nicht jetzt. Kommen Sie heute Nachmittag in mein Büro.«

»Nein, jetzt. Bitte! Bei mir zu Hause liegt ein Toter.«

»Nicht schon wieder!«, winkte ich entschieden ab. Auf seine Spielchen hatte ich jetzt keine Lust.

»Diesmal ist wirklich einer da!«, beharrte Tilo.

»Benachrichtigen Sie Kommissar Mattau. Wenn der einen Toten findet, rufen Sie mich an und ich komme.«

»Ich will aber Sie!«

Drüben an der Kasse legte Lämmerhirt gerade den Hörer auf. Ich musste zurück, meine Wette gewinnen.

»Das ist mein letztes Angebot«, zischte ich Tilo zu. »Und es gilt nur, wenn Sie mich jetzt in Ruhe lassen. Und klauen Sie bloß nichts!«

Ich ließ ihn stehen.

»Hat er Sie angesprochen?«, wollte Lämmerhirt wissen.

»Er hat sich nach den teueren Kunstbänden erkundigt.«

»Na, was habe ich gesagt?«, triumphierte er. »Sieht der etwa so aus, als könne er sich die leisten?«

Mit unverhohlener Vorfreude starrte er Tilo Martens hinterher und verfolgte jede seiner Bewegungen in der Hoffnung, dass er zuschlug. Und ich starrte Lämmerhirt an und freute mich an seiner vergeblichen Vorfreude.

Bevor Tilo das Geschäft verließ, machte er einen kurzen Abstecher zur Kasse.

»Auf Wiedersehen«, sagte er freundlich und wandte sich dann an mich. »Übrigens habe ich etwas geklaut. Sie wollten mich ja nicht anhören, also mache ich Sie auf diese Art auf mich aufmerksam.«

Ich verzog das Gesicht zu einem dämlichen Grinsen.

Lämmerhirt legte den Kopf schief und grinste blöd. »Was hat der Mann da gerade gesagt?«, erkundigte er sich leise.

Ich lachte auf. »Er hat gesagt, er hätte etwas eingesteckt. Aber nur, damit ich ...«

»Worauf warten Sie dann noch, Kittel?«

»Er hat das nur so gesagt. Weil er meine Aufmerksamkeit erzwingen will. Genauso wie er in seiner Wohnung ständig über Leichen stolpert. Aber das kann er sich abschminken.«

»Absolut nicht, Kittel!« Lämmerhirts Stimme war nahe daran, sich zu überschlagen, obwohl er gar nicht laut geworden war. »Der schminkt sich überhaupt nichts ab. Los, schnappen Sie ihn, bevor er mit dem Buch abhaut!«

Ich zögerte und der Chef rannte selbst los. Zwei Minuten später kehrte er keuchend in den Laden zurück. Über seinem Kopf schwenkte er ein in Leinen gebundenes Exemplar *Kalte Hand im blauen Wasser* von H. Hendrix.

Er hielt es mir unter die Nase. Aber noch näher kam er mit seinem Gesicht und sein abgestandener Atem leckte wie eine Zunge über meine Nase.

»Er hat das nur so gesagt, was?«

»Also gut, Sie haben gewonnen«, lenkte ich zerknirscht ein. »Die fünfundzwanzig Mark gehören Ihnen.«

»Fünfundzwanzig Mark?« Lämmerhirt schüttelte den Kopf. Er hätte aufgelacht, wenn die Sache nicht so ernst gewesen wäre. »Oh nein, Kittel, so leicht kommen Sie mir nicht davon. Jetzt nicht mehr. Hier geht es nicht um lausiges Kleingeld. Hier geht es darum, dass ein Dieb unbehelligt aus dem Laden spaziert, während der Ladendetektiv grinsend zuschaut. Er findet es nicht einmal für nötig einzuschreiten, nachdem der Mann immerhin den Anstand hatte, nach seiner Tat ein umfassendes Geständnis abzulegen.«

»Aber das ist doch Unsinn! Ich habe Ihnen doch gesagt, dass ...«

»Unsinn? – Ich werde Ihnen sagen, was Unsinn ist. Unsinn ist, einen Mitarbeiter dafür zu bezahlen, dass er herumsteht und große Reden schwingt. Dass er, nur um ein armseliges Spiel zu gewinnen, dem Geschäft erheblichen Schaden zufügt.«

»Erheblichen Schaden, aber ich bitte Sie ...«

»Nein! Bitten Sie mich nicht, es wäre zwecklos.« Lämmerhirt rückte einen Schritt von mir ab, als sei er sich plötzlich der Ansteckungsgefahr bewusst geworden. »Erst einmal schminken Sie sich jetzt etwas ab, und zwar Ihren Job als Ladendetektiv.«

Ich wusste nicht, was ich sagen sollte.

»Wegen dieses Missgeschicks«, mischte sich Olga ein, »wollen Sie ihn wirklich feuern, Chef?«

»Halten Sie sich aus der Sache heraus, Frau Öllisch. Außerdem war das kein einfaches Missgeschick.«

»Ihr letztes Wort?«, fragte ich.

»Allerdings.«

Ich wollte ihm noch an den Kopf werfen, dass ich mich schon morgen in ein neues Spezialgebiet einarbeiten würde: Buchhandlungen, die harmlosen Kunden Bücher in die Manteltaschen schmuggelten und sie des Diebstahls bezichtigten, weil sie ihre Ware auf normale Weise nicht loswurden. Aber ich beließ es dabei, wortlos den Laden zu verlassen und mich nicht mehr umzusehen.

»Einen Augenblick!«, stoppte mich Lämmerhirts Stimme. »Sie schulden mir noch fünfundzwanzig Mark.«

16

»Eben war sie noch da«, beteuerte Tilo Martens.

Mattau schüttelte den Kopf. Das war eine seiner ausdrucksstärksten Gesten. Andere brauchten Hunderte von Worten, um das zu sagen, was der Kommissar ausdrückte, indem er nur den Kopf schüttelte.

Ich kratzte mich am Kopf. »Also das gleiche Spiel wie beim letzten Mal.« Und dafür hatte ich meinen Job verloren.

»Nein, nicht das gleiche«, erklärte Mattau. »Diesmal war es nicht das Bett, sondern der Kleiderschrank. Und darin war auch kein toter Mann, sondern eine nackte Frau ...«

»Sie war nicht nackt!«, verbesserte Tilo. »Sie trug ein Nachthemd. Und Würgemale am Hals. Sie sah ganz grau aus. Ihre Lippen waren grünlich und sie hatte schwarz lackierte Nägel. Ein scheußlicher Anblick.«

Es war ein Mittag so grau wie die geheimnisvolle Erwürgte. Kim trainierte in München und Hendrix hatte Signierstunde am Neumarkt.

Ausgerechnet jetzt ging bei Tilo wieder der Vorhang hoch. »Jemand erlaubt sich einen zynischen Scherz mit mir«, beharrte er. »Etwas anderes kann ich mir nicht vorstellen.«

»Es gibt mehrere Möglichkeiten«, ergänzte ich. »Jemand erlaubt sich einen Scherz mit Ihnen, Martens, oder mit Ihrer Schwester, die aber nie zu Hause ist, um sich an der Pointe zu ergötzen. Und die dritte und wahrscheinlichste Möglichkeit: Jemand erlaubt sich einen Scherz mit dem Kommissar und mir.«

»Und dieser Jemand«, sagte Mattau, »sind Sie, Martens.«

»Aber warum? Welchen Nutzen sollte ich denn davon haben?«

Mattau schüttelte wieder den Kopf. »Eigentlich eine gute Frage, Martens. Aber mit guten Fragen kommen wir hier nicht weiter. Stellen Sie lieber eine dämliche.«

»Zum Beispiel?«, erkundigte ich mich.

»Wieso in diesem drittklassigen Schauspiel regelmäßig ein Detektiv auftritt, der offenbar nichts dazulernt.«

»Der Detektiv hatte gerade Zeit, weil er seinen Job verloren hat. Und da hat er sich gesagt, wieso nicht mal in dieser Wohnung vorbeischauen, die auch ohne Leiche sehenswert ist ...«

Ich trat ans Fenster und sah auf den Rhein hinunter. Für Touristen mochte der Ausblick eine tolle Sache sein, aber wenn man ihn regelmäßig genoss, fiel einem auf, dass dieser Fluss vor Abwechslungsreichtum nicht gerade sprühte.

»Und als er einmal da war, hat er sich dazu noch gefragt, wieso er immer wieder einen Kommissar antrifft, der gar nicht dort wohnt?«

»Er war zufällig in der Nähe.«

»Vielleicht gibt es da noch mehr Zufälle.«

»Nämlich?«

»Zufällig ist der Mann mit den eingebildeten Leichen der Sohn eines alten Bekannten, den der Kommissar jetzt nicht mehr kennt.«

»Reiner Zufall«, bestätigte der Kommissar.

»Es kommt noch besser. Guido Martens, der erfolgreiche Geschäftsmann, war vor einem halben Jahr in einen Fall verwickelt, indem es eine richtige Leiche gab. Nur der Mord war eingebildet. Dafür gab es kurz darauf einen Mord, für den es keinen Mörder gab. Die Polizei jedenfalls legte den Fall zu den Akten.«

Mattau grinste spöttisch. »Wer behauptet denn das?«

»Melanie Storck, die Lebensabschnittspartnerin des Verblichenen.«

»Der Fall Mölling.« Mattau schüttelte erneut den Kopf. »So ein Unsinn.«

»Was?«

»Zu den Akten gelegt«, sagte der Kommissar. »Das kann nur jemand sagen, der keine Ahnung hat, wie es bei uns aussieht. Bei uns liegen überall Akten herum. In den Ecken, auf dem Boden und auf den Fensterbänken. Zu den Akten legt man bei uns Büroklammern, Butterbrote und zerknülltes Papier. Aber keine Fälle.«

»Heißt das, die Kripo sucht immer noch?«

»So würde ich das nicht sagen. Ich wollte neulich ein Regal aus dem Baumarkt zusammenbasteln, aber am Schluss hatte ich ein Brett zu viel, dafür fehlten mir drei Schrauben. Irgendwann hat's mir gereicht und ich hab das Ding einfach so stehen lassen, wie es war. Aber das heißt nicht, dass es ein toller Anblick ist.«

»Kaum anzunehmen.«

»Sie wissen doch, wie das ist, Kittel. Wir sind ständig unterbesetzt. Davon gehen dann noch die ab, die auf Fortbildungen sind. Dann gibt's noch Erziehungsurlaub, Mittagspause, Besprechungen ...«

Ich sah wieder aus dem Fenster. Wenn man ganz nahe heranging, konnte man unten die Straße sehen. Regenschirme von oben, aus der Perspektive der Tropfen, wenige Sekunden bevor sie auf ihnen zerplatzten. Einer der Passanten hatte keinen Regenschirm. Er war in Eile und zwängte sich schräg gegenüber in eine Telefonzelle.

»Wenn man's genau nimmt«, sagte Mattau, »müsste ich eigentlich seit zwanzig Minuten in einer Besprechung sein.«

Der Schrank, in dem Martens die Tote gefunden haben wollte, war ein ungewöhnlich großer Kleiderschrank, antik, wahrscheinlich ein Vermögen wert. Wir hatten ihn nur kurz in Augenschein genommen, nur so lange, um uns davon zu überzeugen, dass die Hauptsache fehlte.

Eins der Kleidungsstücke in dem beachtlichen Möbel war ein gepunktetes Nachthemd, das auf einem Bügel hing. Vielleicht war es auch kein Nachthemd, sondern eher etwas für den Rosenmontag. Aber mit etwas Phantasie konnte man sich eine Frau darin vorstellen. Ich gab dem Bügel einen Stoß, um das Kleid schaukeln zu lassen, aber es rutschte ab.

»Das gehört meiner Schwester«, erklärte Tilo.

Auf dem Schrankboden, neben dem Kleid, fand ich etwas. Ein kleines, hartes Ding, das schwarz angemalt war. Ich ging damit zum Fenster und hielt es gegen das Licht. Ein falscher Zehnagel.

»Etwas gefunden?«, erkundigte sich Mattau, trat neben mich und nahm ihn mir aus der Hand.

Der Mann unten in der Telefonzelle hatte niemanden erreicht. Als ich den Zehnagel begutachtete, war er wieder auf die Straße getreten, und bevor er seinen Kragen hochschlug und zwischen den parkenden Autos verschwand, bohrte er für wenige Sekunden ratlos in der Nase. In dem Moment erkannte ich den Mann.

»Ich muss dringend weg«, sagte ich, stürzte auf den endlos langen Flur und nahm Kurs auf die Wohnungstür.

Natürlich kam ich zu spät. Henk war wie vom Erdboden verschluckt. Also fuhr ich nach Hause, um den Anrufbeantworter abzuhören. Meine Vermutung, dass er mich angerufen hatte, erwies sich als richtig.

»Wo steckst du bloß schon wieder?«, fragte er. »Sei heute Abend im *La Mancha*. Wenn die Luft rein ist, können wir reden.«

Bis dahin war alles, was ich hatte, ein schwarz lackierter Zehnagel. Das war nicht viel, aber eine ganze Menge dafür, dass er von einem Gebilde der reinen Phantasie stammte. Darüber sollte ich mit Tilo Martens reden, außerdem über ein Buch, das ich gelesen hatte. Es hieß *Zu tot zum Schlafen* und handelte von unglaublichen Vorfällen, die nur dazu dienten, eine reiche Erbin in den Wahnsinn zu treiben.

Der Abstecher nach Hause hatte höchstens eine Dreiviertelstunde gedauert. Als ich jetzt bei Tilo schellte, öffnete mir der berühmte Hendrix im Badetuch und er schien nicht besonders erfreut, mich zu sehen.

»Ich möchte zu Tilo.«

»Der ist nicht da.«

»Eben war er noch da.«

»Eben noch da und jetzt nicht mehr«, belehrte er mich wie einen schlechten Schüler. »Man nennt das Weggehen.«

Wenn ich es mir recht überlegte, konnte es nicht schaden, auch mit ihm ein paar Worte zu wechseln.

»Könnte ich Sie vielleicht sprechen?«

»Sie sehen doch«, er deutete auf sein Handtuch. »Sie haben mich aus der Wanne geholt.«

»Das nicht«, zahlte ich ihm seine Schulmeisterei heim. »Ich habe geschellt, den Rest haben Sie selbst erledigt.«

»Ach, sieh an«, wunderte er sich. »Er ist nicht nur ein Privatdetektiv, sondern auch noch ein Wortklauber.«

»Es geht um einen Freund von Ihnen«, erklärte ich.

Unter uns im Treppenhaus hörte man Schritte. Der Autor von *Kalte Hand im blauen Wasser* fürchtete wohl, dass ihm ein Rudel Paparazzi auf der Spur war, und trat von der Tür zurück. »Also, kommen Sie schon rein.«

Diesmal brauchte ich nicht lange zu warten. Hendrix sparte sich die ausführliche Toilette und hüllte sich in einen Morgenmantel.

»Was für einen Freund?«, wollte er dann wissen. Der Ton, in dem er seine Frage stellte, schien sich eher danach zu erkundigen, wie ich darauf kam, dass er überhaupt Freunde habe. Oder es war der grundsätzliche Zweifel daran, dass wir gemeinsame Freunde haben könnten.

»Obwohl er sich mir nicht vorgestellt hat«, erklärte ich, »habe ich inzwischen herausgefunden, dass er Schrader heißt.«

Er grinste. »Haben Sie also herausgefunden. Klar, das ist Ihr Job, was? Und dieser Schrader hat Ihnen dann gleich als Erstes erzählt, dass ich ein Freund von ihm bin.«

»Sie sind schließlich nicht irgendwer«, lobte ich. »Sie sind der literarische Repräsentant der neuen Mitte und fast so bekannt wie der Bundestrainer.«

»Jetzt kommen Sie schon«, bremste er mich. »Nicht jeder, der eins meiner Bücher in seinem Regal hat, ist ein Freund von mir.«

»Aber jeder könnte einer sein, auch wenn er nicht mal ein Regal hat.«

»Ich kenne keinen Schradow.«

»Schrader. Er kannte Sie sogar beim Vornamen. Er hätte Ihnen damals irgendwelches ›Zeuch‹ gegeben, das jetzt kein Schwein mehr etwas anging.«

»Beim Vornamen.«

»Heino, ja.«

»Sehen Sie, auch Sie kennen ihn und sind nicht mein Freund.«

»Er hat ihn mir gesagt.«

»Es gibt eine Menge Heinos.«

»Ich kenne nur zwei. Dem anderen bin ich nicht in die Quere gekommen.«

»Und mir sind Sie also in die Quere gekommen?«

»Das würde ich gerne von Ihnen erfahren.«

Hendrix lachte. Er lachte eine ganze Weile und die Lacher wurden immer leiser, bis sie nur noch darin bestanden, dass er grinsend und still vor sich hin zuckte. »Mir in die Quere kommen. Wer glauben Sie eigentlich, Herr ...«

»Kittel.«

»... wer Sie sind?«

»Genau der und kein anderer.«

»Hören Sie mal, wenn ich jetzt rausgehe und unterwegs auf eine Fliege trete, dann kann die sich damit trösten, dass sie mir in die Quere gekommen ist. Das macht sie irgendwie wichtiger und ihren Tod nicht so beliebig. Aber eigentlich wissen wir doch beide, dass das mit der Quere eine Übertreibung ist.«

»Soll das eine Warnung sein?«

Er zuckte wieder. Ich wartete.

»Eine Warnung. Köstlich! Das ist das Komische mit euch Kriminalfritzen, dass ihr die Welt nur durch die böse, schwarze Brille sehen könnt. Überall nur Verdächtige, Gangster, Alibis und Warnungen. Reden Sie weiter, mein Bester, nehmen Sie bloß kein Blatt vor den Mund, Sie sind bestes Romanmaterial! Es macht Ihnen doch nichts aus, dass ich mir ein paar Notizen mache.«

»Wenn Sie mir dafür wenigstens einen Tipp geben, was Ihr muskulöser Freund mit ›Zeuch‹ gemeint haben könnte.«

»Aber wie soll ich das denn wohl machen?« Der falsche, untröstliche Ton in seiner Stimme bewies mir, dass Hendrix sich jetzt sicher fühlte. Vorhin noch, als ich ihn aus der Wanne geholt hatte, war er verlegen und abweisend gewesen. Jetzt hatte er meine Karten gesehen und war zu dem Schluss gelangt, dass ich nichts auf der Hand hatte. Das hatte ihm seine Gelassenheit wiedergegeben.

»Kittel, *Sie* behaupten, dass dieser Mensch ein Freund von mir ist, nicht ich! Dann kann ich Ihnen doch auch nicht erklären, was dieser gute Mann mit seinen Andeutungen gemeint hat.«

»Sie kennen ihn also überhaupt nicht.«

Er zog auf leicht kokette Weise die Schultern hoch. »Ehrlich gesagt, ich weiß es nicht genau.«

»Sie wissen es nicht?«

»Es könnte sein, dass ich ihn kenne. Aber den Namen habe ich noch nie gehört.« Sein Gesicht wurde ernst, geradezu sorgenvoll. »Es geht um Kims Vater. Also möchte ich Sie um Diskretion bitten.«

»Er ist mein Auftraggeber.«

Martens beugte sich vor und senkte seine Stimme geheimnistuerisch. »Ich weiß zufällig, dass Martens einmal Ärger mit einem Mann hatte, der gelegentlich Sachen für ihn erledigt und ihn dann erpresst hat. Er wusste, dass ich Journalist war, und hatte die merkwürdige Idee, ich sollte eine Geschichte daraus machen.«

»Wissen Sie noch, worum es dabei ging?«

»Irgendwelche Enthüllungen im Zusammenhang mit der *Nordrhein-Stahl*-Affäre. Es hat mich damals nicht interessiert. Ehrlich gesagt, ich hatte genug mit dem *Suff* zu tun.«

»Womit?«

»*Der Suff ist grün wie der Morgen rot*«, belehrte er mich. »Mein zweites Buch. Das war eine Menge Arbeit.«

»Dabei hat es doch Ihren Freund erwischt.«

»Meinen Freund?«

»Herrn Mölling, den Journalisten.«

»Sie meinen Marius! Tja, Freund wäre eigentlich zu viel gesagt. Er war ein Kollege, wir haben das eine oder andere Mal zusammengearbeitet. Eine tragische Sache ...«

»Könnte es sein, dass dieser Schrader das Material, das er Ihnen überlassen wollte, von Mölling hatte?«

Hendrix beugte sich vor, duftete nach herbem Eau de Toilette und fuchtelte mit seinen feingliedrigen Händen. »Hören Sie, Kittel, wie schon gesagt: Das ist schon ein paar Tage her. Und ich weiß bis heute nicht, ob an der

Story was dran war. Ich tue es ungern, aber ich muss diesem Menschen Recht geben. Das geht heute kein Schwein mehr etwas an.«

17

Galilei hatte sich geirrt. Die Welt war keine Kugel, sondern eine Scheibe mit zwei Seiten und es war relativ einfach, die richtige herauszufinden. Wenn man auf der falschen stand, hing man mit dem Kopf nach unten und das war auf die Dauer ziemlich anstrengend.

Ich wollte das vielleicht nicht wahrhaben, aber Melanie Storck hatte sich längst damit abgefunden. Sie brauchte keine Beweise. Martens war einer von denen mit dem Kopf nach unten und das bedeutete für sie, dass er Dreck am Stecken hatte. So einfach war das.

Und sie hatte Recht.

Mattaus Anruf erwischte mich, gerade bevor ich gehen wollte, um Henk im *La Mancha* zu treffen.

»Ich habe vergessen, Sie was zu fragen, Kittel.«

»Was ist mit dem Beweisstück?«, wollte ich wissen.

»Fehlanzeige. Ein künstlicher Nagel. Nichts Außergewöhnliches. Gehört mit ziemlicher Sicherheit Kim Martens. Sie hat noch mehr davon.«

»Auch schwarze?«

»Ein paar. Die meisten sind brombeerfarben.«

»Was wollten Sie von mir wissen?«

»Es geht um Martens. Mich würde interessieren, ob Sie was über ihn rausgekriegt haben oder nicht.«

»Eigentlich ist er ein netter Kerl.«

»Ich meine seinen Vater«, widersprach Mattau. »Er ist doch Ihr Klient.«

»War. Die Sache ist so weit erledigt. Ich werde mein Mandat niederlegen.«

»Sind Sie neuerdings unter die Anwälte gegangen?«

»Morgen hole ich mir den Rest meines Honorars und

mache daraus eine großzügige Spende für die Aktionsgruppe Mölling.«

»Also dann, Kittel, bis morgen.«

»Wieso denn das?«

Das *La Mancha* gehörte zu den Restaurants, die völlig unabhängig von Wetter und Jahreszeit über eine sommerliche Atmosphäre verfügten. Es gab künstliche, grüne Girlanden mit Plastikweintrauben an der Decke und ein überladenes Wandgemälde, das einen Sonnenuntergang auf der Ägäis zeigte, eine Bucht mit weißen Bimssteinhäuschen und schnuckeligen Fischerbooten, die *Kostas* hießen und *Alexis*. Jiorgos, der Wirt, hatte die Heizung voll aufgedreht. Man brauchte also nur die Augen zu schließen und für ein paar Minuten den endlosen Bouzouki aus der Box hinter dem Plastikgebüsch einwirken zu lassen. Dann öffnete man die Augen vorsichtig wieder und konzentrierte sich bei einem oder zwei Ouzo auf den kitschigen Fischerhafen mit den Netze flickenden, grinsenden Fischern und den üppigen Fischerfrauen. Wenn das klappte, konnte man den Herbst vergessen.

Henk hatte sich nicht auf eine Zeit festgelegt, also war ich schon gegen halb sechs da.

»Heute schon so früh«, wunderte sich Jiorgos. »Da muss ich mir wohl Sorgen machen, oder?«

»Was ich dich schon immer fragen wollte«, sagte ich. »Sind die bei euch zu Hause eigentlich wirklich so?«

»Was meinst du?«

»Ich meine, tragen sie alle diese merkwürdigen weiten Hosen und flicken Netze, tanzen und lachen? Das ist doch langweilig auf die Dauer.«

Jiorgos zuckte mit den Schultern und seufzte. »Den Touristen gefällt's.«

»Und deshalb macht ihr, was sie wollen?«

»Nicht immer. Ein paar Jahre noch, bis das Geld reicht.« Jiorgos zog eine furchtbare Grimasse. »Eines Tages nehmen wir ihnen ihre Handys ab und ihre Visacards. Und dann schmeißen wir sie mitsamt ihren bunten Luftmatratzen ins Meer.«

Ich wartete noch eine Stunde und legte noch eine drauf. Inzwischen war das *La Mancha* voll besetzt. Ich hatte gegessen, getrunken und Henk tauchte nicht auf.

Es kamen immer noch mehr Gäste, Pärchen und kleine Gruppen. Sie sahen sich nach einem freien Tisch um, manche warteten sogar eine Weile an der Bar, schließlich gaben sie es auf und verschwanden wieder. Eine einzelne Frau hatte keine Lust beizudrehen und kam direkt auf meinen Tisch zu. Sie deutete auf den freien Stuhl mir gegenüber.

»Von mir aus«, murmelte ich wenig begeistert. »Ich bin eh so gut wie weg ...«

Die Frau war nicht gerade mein Typ. Pummelig, abstehende Ohren und Bartwuchs. Schreiend greller Lippenstift. Ihr Parfum hatte den Charme von Mottenkugeln und Altkleidersammlungen.

»Gut, dass du gekommen bist«, sagte sie und nahm die dunkle Brille ab.

»Du bist das?«, fragte ich blöde.

»Was dachtest du denn?«, ärgerte sich Henk. »Die heilige Jungfrau von Orléans?«

»Vielleicht solltest du das lieber lassen. Die Maskerade, meine ich. Du erregst unnötiges Aufsehen.«

»Mach dich nur lustig, Kittel. Aber mir ist nicht nach Scherzen. Die Sache ist verdammt ernst.«

»Ich scherze keineswegs«, widersprach ich. »Immerhin musste ich schon für dich den Kopf hinhalten. Weißt du, wer das hier war?« Ich reckte den Hals, um ihm eine meiner Verletzungen zu zeigen, aber er sah nicht mal hin. »Das waren deine Gorillas.«

Henk beugte sich vor. »Meine Gorillas?«, schnaubte er wütend. »Diese Leute sind hinter mir her, Kittel. Das sind echte Profis, die Ernst machen, keine von den kriminell veranlagten Jecken, mit denen wir es sonst zu tun haben. Ehrlich, ich weiß nicht weiter. Soll ich vielleicht mein

Leben lang in diesen Klamotten herumlaufen? Wir müssen uns was überlegen.«

»Wir müssen? Ich weiß doch nicht mal, was überhaupt vorgeht.«

»Natürlich, Kittel. Wie immer.« Hektisch drehte er sich eine Zigarette. Obwohl er das unzählige Male am Tag machte, wollte sie ihm nicht gelingen. Das Papierrohr geriet schlaff und sah aus wie ein schlechter feministischer Witz, aus dem zu beiden Seiten Tabakbüschel heraushingen. Noch bevor die Spucke getrocknet war, zündete er ein Ende an. Eine Stichflamme züngelte bis zu seiner Nasenspitze, dann segelte ein rot glühender Ball auf den Tisch und hinterließ einen schwarzen Fleck. »Scheiße!«

Jiorgos hatte sich den falschen Moment ausgesucht, um die Bestellung entgegenzunehmen.

»Darf ich deiner Bekannten etwas bringen?«, erkundigte er sich grinsend bei mir.

»Verdammt, spar dir deine blöden Witze wenigstens heute Abend!«, blaffte ihn Henk an. »Und dann bringst du mir ein großes Kölsch!«

»Am Telefon erwähntest du etwas von einer Frau, der du vertraut hast«, sagte ich, während sich Jiorgos gekränkt zurückzog.

»Ariana di Maggi. Sieht toll aus, aber sie ist eine Schlange. Von Anfang an brauchte sie nur einen Blödmann zum Uber-den-Tisch-Ziehen.«

»Und den hast du für sie gespielt.«

»Wir haben uns beim Joggen kennen gelernt. Und da hat's bei mir gefunkt. Ich musste sie einfach haben.«

»Du musstest.«

»Ja, aber das war ihre Masche, verstehst du! Sie hat ihrem Typen, einem halbseidenen Bordellbesitzer mit Yacht und Haus am Mittelmeer, einen riesigen Batzen Geld abgeknöpft. Und mir hat sie das in die Schuhe geschoben.«

Henk machte eine Pause und betrachtete seinen qualmenden Papierschlauch, der mit rotem Lippenstift verschmiert war.

»Und dann?«, fragte ich.

»Dann? Was meinst du? Das war's schon!«

»Ich denke, ihr habt in Italien Urlaub gemacht und ...«

»Dachte ich auch! Aber das gehörte nur zu ihrem Plan. So hat sie ihren Milano weich gekocht und gleichzeitig richtig auf achtzig gebracht. Als sie reumütig wieder bei ihm aufkreuzte, war er im siebten Himmel. Und als sie ihn darüber informierte, dass ich nur auf die Moneten scharf gewesen sei und damit jetzt über alle Berge, da hat er sein Handy genommen und seine gesamte Totschläger-Armee in Marsch gesetzt.«

Jiorgos brachte das Kölsch. Henk tauchte seine Oberlippe hinein und färbte die Schaumkrone rötlich.

»Wenn wir jetzt in einem billigen Film wären«, belehrte ich ihn, »würde ich sagen: Das kommt davon, wenn man nicht mit dem Kopf, sondern mit dem Schwanz denkt.«

»Spar dir deine Sprüche.«

»Wie kann ich dir also helfen?«

Henk gab seine Zigarette auf, ließ das, was von ihr übrig war, in den Aschenbecher fallen und goss Bier darüber. Es zischte.

»Ich muss untertauchen«, sagte er. »Irgendwo, wo ich Zeit und Ruhe genug habe, einen vernünftigen Gedanken zu fassen. Dann überlege ich mir was.«

»Hattest du dabei an einen bestimmten Ort gedacht?«

»Das nicht«, sagte er schulterzuckend. »Vielleicht gehen wir ins Ausland. Ich ...«

»Moment mal«, meldete ich mich. »Bevor du da konkreter wirst, habe ich vielleicht auch noch ein Wörtchen mitzureden. Sonst sind wir nämlich eher pleite, als wir denken.«

»Warum?«, fragte er verwundert. »Warum willst du mitreden?«

»Wenn wir beide uns irgendwohin verkrümeln, dann ...«

»Wir beide doch nicht! Ich kann niemanden brauchen, der mir Gardinenpredigten hält. Mein Herz ist gebrochen, Kittel, und ich brauche jemanden, der es wieder zusammenflickt. Mit Geduld und Wärme. Jemanden wie Babsi.«

Ich schluckte. »Das ist nicht dein Ernst.«

»Sie ist die Einzige, der ich vertrauen kann.«

»Vielen Dank, Henk.«

Er nahm einen tiefen, nicht enden wollenden Schluck aus seinem Glas. Dann sah er mich mit einem Blick an, in dem sich alle Wünsche und Hoffnungen seines Lebens versammelt hatten. Wünsche und Hoffnungen, die enttäuscht worden waren. »Babsi ist anders als andere Frauen«, versicherte er schwärmerisch, aber ohne Illusionen. »Und ich Idiot habe sie mir leichtfertig verscherzt.«

»Aber Henk. Jetzt siehst du das so. Schon morgen bist du drüber weg. Dann sieht alles anders aus. Du wirst feststellen, jede Frau ist anders. Nicht nur Babsi.«

»Sie sehen vielleicht anders aus«, widersprach er kopfschüttelnd. »Aber sie sind gleich. Bis auf Babsi. Sie nicht.«

»Nein«, beharrte ich, ungewohnt energisch. »Es ist genau umgekehrt.«

»Was zum Teufel meinst du damit, es ist umgekehrt?«

»Bei ihr ist es anders.«

»Was denn?«

»Sie ist gleich. Die anderen Frauen sind anders.«

»Du spinnst. Du kennst Babsi nicht.«

»Ein bisschen schon.«

»Du kennst sie nicht. Du kannst nicht wissen, was für eine Klassefrau das ist. Glaub mir, Kittel, du kannst das nicht beurteilen. Wenn ich dir sage ...«

»Und wieso nicht?«, fragte ich trotzig.

Henks Gesicht tauchte langsam aus dem Bierglas auf, während er es leerte. Das verbrauchte Gesicht einer Frau, die ihre besten Jahre hinter sich hatte oder vielleicht nie welche gehabt hatte. Und doch kannte sie sich, was

Männer anging, aus. »Wieso wohl?«, brummte er. »Du warst noch nie mit ihr im Bett, oder?«

18

Es war nass und unfreundlich auf dem Land draußen, wo Guido Martens residierte. Um diese Zeit außerdem wie ausgestorben, denn die meisten Einwohner waren drüben in der Stadt und sorgten dafür, dass es kein Kino gab, vor dem man weniger als eine halbe Stunde Schlange stand.

So mancher kam hier heraus, um urtümlichen, dörflichen Charme zu genießen und stellte dann enttäuscht fest, dass man weder Dorf noch Charme finden konnte. Da war ein menschenleeres Fußgängerzentrum, das durch vorweihnachtliche Lichterketten in grelles, unwirkliches Licht getaucht war, und im Zentrum des Fußgängerzentrums stand eine unansehnliche Bronzeskulptur, von der kein Mensch wusste, ob sie etwas darstellen sollte.

Früher mochten hier windschiefe Bauernhäuser gestanden haben, die sich um einen hübschen Kirchturm gruppierten, dessen Glocken sonntags zur Frühmesse läuteten. Heute machten sich große, üppige Familienhäuser mit zwei Garagen und riesigen Gärten breit, die in der Stadt nicht genug Platz gefunden hatten. Sie standen, jedes für sich, um ein großes Einkaufsparadies mit allen Schikanen herum.

Trotzdem verschlug es immer wieder Touristen hierher. Einige nur deswegen, weil sie die Straßenkarte nicht lesen konnten, aber irgendjemand hatte mir kürzlich erzählt, dass es ein Reisebüro gab, das den Fremdenverkehr in der Region steigerte, indem es die Unansehnlichkeit zur Sehenswürdigkeit erklärt hatte – ein Konzept, das man in Frankfurt, Herne-Eickel und Hamm in Westfalen schon erfolgreich angewandt hatte. Durch penible

Recherche hatte man herausgefunden, dass es in Europa viele Orte gab, die wenig Sehenswertes hatten. Aber nur ein oder zwei, die nichts Sehenswertes hatten. Und einer der beiden war hier.

»Ich würde Sie gerne sprechen«, sagte ich in die Sprechanlage. »Das heißt, nur, wenn Sie keine dringende Verabredung zum Sport haben.«

»Das schon«, kam Martens' Stimme heiter zurück. »Aber der Sport kann warten. Was bringen Sie mir?«

»In gewisser Weise habe ich den Fall gelöst.«

Der Türöffner surrte. Ich trat ein, durchquerte den sorgfältig vom herbstlichen Laub befreiten Vorgarten und ging ins Haus.

Guido Martens, fit und unbesiegbar wie immer, federte mir entgegen. »Also raus mit der Sprache: Wer ist der Clown da draußen? Haben Sie diese Fanatikerin dazu gebracht, ihn abzustellen?«

»Nun, die Angelegenheit ist etwas komplizierter.«

»Komplizierter? Was soll daran kompliziert sein?«

»Die Fanatikerin steckt hinter dem Schwarzen Mann. Aber hinter ihr wiederum stecken Sie.«

Er stutzte. »Ich?«

»Ich fürchte, ja.«

Unschlüssig darüber, was er von mir halten sollte, trat er einen Schritt zurück und musterte mich, die Arme vor der Brust verschränkt. »Soll das jetzt witzig sein?«

»Nein«, sagte ich. »Aber Sie haben mir nur die Hälfte gesagt. Sie haben mich engagiert, damit ich Ihnen eine Fliege vom Hals schaffe, die Ihnen lästig ist. Mit dem Haufen Scheiße, der sie eigentlich anzog, sollte ich mich nicht beschäftigen.«

Ein hoher Ton entfuhr ihm. Das amüsierte Auflachen eines Mannes, der sich aus Spaß bieten lässt, was er sich eigentlich nicht bieten zu lassen braucht. »Das ist ja ...«

»Sagt Ihnen der Name Schrader etwas?«

»Das ist ja wohl ...« In Martens' Augen flammte Ärger auf, der sich relativ schnell in Wut verwandelte. »Für wen halten Sie sich eigentlich, Kittel? Habe ich Sie vielleicht um Ihre unmaßgebliche Meinung zu Dingen gebeten, die Ihren Horizont überschreiten? Ich brauche nur den nächstbesten Begleiterinnen-Service anzurufen und kriege eine Dame, die qualifizierter ist als Sie. Gerade mal clever genug, für andere Leute Telefonnummern herauszusuchen, kommen Sie her und wollen mir eine moralische Vorlesung halten?«

»Ich will gar nichts halten. Ich habe für Sie in einem Fall ermittelt. Der Fall Mölling geht mich eigentlich nichts an. Ich habe für Sie die Fliege verjagt, aber dem Geruch kann ich nichts anhaben.«

Martens schüttelte den Kopf. Er war darin lange nicht so gut wie Mattau. Er tat es konzentriert, dass es angestrengt wirkte, wie eine seiner Warm-up-Übungen des täglichen Konditionstrainings. Nachdem der Kopf wieder zur Ruhe gekommen war, sog die Nase laut und plötzlich Luft ein.

»Kittel, ich möchte es nicht glauben, aber mir scheint es, als wollten Sie mich tatsächlich eines Mordes bezichtigen.«

»Wessen sollte ich Sie bezichtigen? Es gibt keine Beweise. Ich glaube auch nicht, dass Sie einen Mord begangen haben.«

»Sind Sie etwa hergekommen, um mich mit Schmeicheleien zu überhäufen?«

»Sie hätten die Sache niemals in Angriff genommen, wenn für jemanden die Möglichkeit bestanden hätte, nachher noch etwas zu beweisen. Sie bringen nur dann jemanden zum Schweigen, wenn Sie sich völlig sicher sind, dass anschließend wirklich Schweigen herrscht.«

»Allmählich begreife ich«, antwortete er, gar nicht mehr wütend, sondern eher milde gestimmt, »dass Sie es nötig haben, die Dinge so zu sehen. Vielleicht bringt das Ihr Beruf so mit sich. Hier die *good guys*, da die *bad guys*. Schöne, heile, kaputte Welt, was? Ich bin früher auch auf die Straße gegangen, Kittel. Das war ein richtiges

Glücksgefühl, glauben Sie mir. Ich habe die Bullen und all die käuflichen Politiker, die sie schützen sollten, gehasst. Irgendwann wurde mir klar, dass ich sie in Wirklichkeit liebte. Ich hätte sie umarmen können dafür, dass sie so waren, so unbelehrbar, skrupellos und uneinsichtig. So schlecht. Denn das machte mich gut.«

»Und jetzt wirst du uns gleich erzählen, dass du dich eines Tages dazu entschlossen hast, bei den Schlechten mitzumachen, weil du das ehrlicher fandest.« Mattau stand in der Tür, die Hände in den Manteltaschen. Vor der Kulisse wirkte er unpassender als ein Clochard in einer Luxussuite, trotzdem gab er sich lässig, als sei er ein alter Freund der Familie.

»Er wollte dich sprechen«, erklärte Tilo, der etwas atemlos hinter ihm auftauchte. »Ich wusste nicht, ob du ...«

»Hallo, Max«, begrüßte ihn Martens, ohne Notiz von seinem Sohn zu nehmen.

»Grüß dich, Guido.«

»Du hättest wenigstens die Schuhe abtreten können.«

»Das mache ich nachher, beim Rausgehen.«

Martens grinste böse. »Also dann, worauf wartest du noch? Dieses kleine Klatschmaul kannst du gleich mitnehmen.«

»Warum so unfreundlich?« Der Kommissar zog die Hände aus seinem Mantel und hielt sie wie ein Priester bei der Wandlung. »Was ist in dich gefahren, Guido? Immerhin hat der Mann sein Bestes getan. Du kannst ihm nicht vorwerfen, dass er über Leichen stolpert, wenn du ihn in deinen Keller schickst. Noch dazu, ohne ihm zu sagen, wo der Lichtschalter ist.«

»Welche Leichen denn?«, erkundigte sich Tilo, ohne dass ihn jemand beachtete. Offenbar kam ihm das Thema vertraut vor.

»Du hast es nötig, mir die alten Zeiten vorzuhalten, Bulle«, sagte Martens senior.

»Es geht nicht um alte Zeiten, Guido. Sondern um

Mord, genauer gesagt, Beihilfe zum Selbstmord. Mag sein, dass wir keine Beweise auf den Tisch legen können. Aber wir sind hier unter uns und ...«

»Unter uns gesagt: Du steckst in der Klemme, mein Lieber! Hast einen Fall, der hinten und vorne nicht passt. Und einen Mann, den du gerne hängen würdest. Nur hat beides nichts miteinander zu tun.«

»Ich rede nicht von Mölling. Ich rede von deinem alten Kumpel Thorsten Theuerzeit.«

Die beiden standen eine ganze Weile einander gegenüber und schwiegen sich an. Ich hatte das Gefühl zu stören und überlegte schon, die Kurve zu kratzen. Aber ich war zu gespannt darauf, wie das Duell ausging, und hoffte auf eine Chance, hocherhobenen Hauptes das Haus verlassen zu können. Immerhin hatte Martens mich ein ›kleines Klatschmaul‹ genannt.

Mattau kratzte sich ausgiebig.

Martens unterbrach als Erster das Schweigen mit Worten. »Mensch, Max, denkst du denn nicht, dass mir sein Tod genau so nahe gegangen ist wie dir?«

»Nein.«

»Weil du immer noch glaubst, ich hätte ihn auf dem Gewissen.«

»Wer sonst?«

»Er selbst, verdammt noch mal! Geht denn das nicht in deinen Schädel?«

»Thorsten war kein Mann spontaner Entschlüsse. Wenn er sich umgebracht hat, dann gibt es jemanden, der ihm die unumstößlichen Argumente dazu geliefert hat.«

»Seine Unterschlagungen waren Grund genug.«

»Meinst du? Unterschlagungen, von denen niemand sonst weiß, sind kein Grund. Aber dann ist einer, dessen Job es war, die finanzielle Lage der Firma zu checken, zufällig darauf gestoßen. Und der hat Thorsten beruhigt und gesagt, dass niemand etwas erfahren wird. Wenn er nur aufhört, den Volkstribun zu spielen und Front gegen die Massenentlassungen zu machen.«

»Aber warum, Max? Welchen Vorteil hätte ich denn davon gehabt?«

»Vielleicht war die Höhe deines Honorars an die Durchsetzbarkeit des Sanierungsplans gekoppelt. Was weiß ich?«

»Nichts!« Martens winkte ab. »Das ist es ja. Keine Ahnung hast du.« Er ging zu seinem Schrank hinüber, nahm eine Flasche und ein Glas heraus und goss sich ein, ohne uns auch nur eines Blickes zu würdigen. Er sah nach draußen, wo im Kegel des Straßenlichts eine dunkle Gestalt ausharrte. Im ersten Moment sah es so aus, als wollte er das Glas nach ihr werfen, aber dann hatte sich Martens wieder in der Gewalt.

»Eigentlich ist es zum Lachen«, sagte er kichernd. »Du kommst hierher und beschuldigst mich, eine Tat begangen zu haben, für die du mich, selbst wenn du sie beweisen könntest, niemals zur Verantwortung ziehen könntest. Also warum rede ich überhaupt mit dir?«

»Sie wollen wieder ruhig schlafen«, schlug ich vor.

Tilo trat vor. »Soll ich sie hinauswerfen?«, bot er an.

Martens lachte laut auf. »Ruhig schlafen, Sie Heini, was bilden Sie sich ein? Machen Sie die Augen auf, sehen Sie sich um! Sehen Sie da vielleicht irgendwo eine heile Welt? Ihnen mag das nicht passen, aber Sie brauchen nun mal Ellbogen, wenn Sie überleben wollen. Genau das versuche ich, auch ihm einzutrichtern.« Mit einer flüchtigen Kopfbewegung deutete er auf Tilo, der gerade seinen Mut zusammenraffte, um Mattau und mich vor die Türe zu setzen. »Natürlich geht es auch, wenn Sie sich anpassen und ein braver Bulle werden oder ein abgehalfterter Privatschnüffler. Dann können Sie ruhig schlafen. Ich habe dazu keine Zeit. Und was *Nordhein Stahl* angeht, so habe ich die Firma nicht gerettet, indem ich gut geschlafen habe.« Er kippte seinen Drink und knallte das Glas auf die Anrichte. »Ich habe dafür gesorgt, dass Arbeitsplätze gerettet wurden. Ohne Verschlankung hätte der Konzern nicht überlebt.«

»Das kann ich hundertprozentig bestätigen«, half ihm sein Sohn. »Schließlich habe ich bei diesem Job auch mitgemacht, und wenn ...«

»So viel habe ich seit damals immerhin gelernt«, unterbrach ihn sein Vater. »Die wirkliche Grenze verläuft nicht zwischen den Privilegierten und den Unterprivilegierten, sondern zwischen denen, die Sprüche klopfen, und denen, die Ernst machen. Und Sprücheklopfer wie ihr beiden, oder wie der da draußen, ihr solltet euch beim Theater melden. Die haben Bedarf an Worten, die ebenso ergreifend wie hohl sind.«

»Ich möchte gar nicht ausdenken«, gruselte sich Mattau, »was du in dieser Angelegenheit unter Ernst machen verstehst.«

»Aber das ist doch klar«, beeilte sich Tilo zu erläutern. »Er hat doch gerade ...«

»Das reicht jetzt!«, beendete Martens' durchdringende Stimme das Gespräch. »Das hier ist immer noch mein Haus. Und ich habe Wichtigeres zu tun. Ich bin zum Squash verabredet.«

»Ich bin richtig gespannt, mehr über Ihre alten Freunde zu erfahren«, sagte ich, als wir in den Garten traten.

Es war kalt geworden. Der Kommissar verzog sich in seinen Parka wie eine Schildkröte in ihren Panzer. »Ein anderes Mal«, sagte er. »Da fällt mir ein: Wie steht's denn mit Ihrem Freundeskreis? Haben Sie Ihren Partner beim Spiel verloren?«

»So was Ähnliches«, bestätigte ich. »Das Spiel ist noch nicht zu Ende. Es gibt noch eine Rückrunde und da ist wieder alles offen.«

»Kann ich Sie mit zurücknehmen?«

»Nein, danke«, antwortete ich. »Wenn ich schon mal hier bin, sehe ich mir noch den Ort an. Laut Reiseführer gibt es hier eine Pfarrkirche, einen Kinderspielplatz und eine italienische Eisdiele, die allerdings im Winter geschlossen hat.«

»Wie Sie wollen.« Er winkte mir zum Abschied zu, bevor seine Pranke in seiner Manteltasche verschwand. »Wir sehen uns.«

Ich sah dem alten Sprücheklopfer nach, wie er sich langsam entfernte. Und wie er, kurz bevor er sich entfernt hatte, neben seinem Wagen stehen blieb, in seiner Manteltasche baggerte und kurz darauf alle Schlüssel seines Schlüsselbundes an der Wagentür ausprobierte, bis er endlich einstieg.

Dann machte auch ich mich auf den Weg.

»Heh, Manni!«, brüllte ich ins Dunkel hinein. »Bloß nicht lockerlassen! Was immer ihr mit ihm vorhabt, ihr habt ihn so weit!«

Aber Manni Gerresheim hatte sich längst verkrümelt.

19

Am Anfang der Fußgängerzone, ein paar Meter von der Stelle entfernt, wo ich beim ersten Mal die Verfolgung Mannie Gerresheims aufgegeben hatte, gab es eine Gaststätte mit dem Namen *Zum halben Hahn* und eine Pizzeria, die sich nicht entscheiden konnte, ob sie ein Restaurant war oder ein Schnellimbiss. Ich sprang über eine Pfütze und betrat den *Hahn*.

Ein paar alte Leute saßen qualmend hinter Biergläsern oder starrten auf die Buntglasfenster, als könnte man durch sie hindurchsehen. Ein Jugendlicher lehnte lustlos an der Wand neben dem Spielautomat und brachte ihn dazu, nervtötende Geräusche von sich zu geben, indem er alle paar Sekunden Kleingeld einfüllte.

Die kleinstädtische Beschaulichkeit war genau das Richtige, um meinen Rausschmiss zu verdauen.

Jeder Fall hinterließ, sobald er hinter einem lag, eine gewisse Leere. Aber dieser hier war nicht wirklich abgeschlossen. Er war misslungen und hinterließ deshalb Übelkeit. Kein tröstendes Gefühl, dazu beigetragen zu haben, dass diese schäbige Welt ein wenig ansehnlicher geworden war. Stattdessen ein geradezu ärgerliches Gefühl, dass der Vorschuss ein jämmerliches Honorar war, wenn es dabei bleiben sollte.

Henk war ein Stein vom Herzen gefallen, als ich behauptet hatte, so viel Geld beschaffen zu können, dass das Zeugenschutzprogramm des FBI dagegen ärmlich aussah. Jetzt würde es nicht einmal dafür reichen, seine Second-Hand-Maskerade ein wenig aufzupeppen.

Ich orderte einmal Bratkartoffeln mit Spiegelei und brütete über einem Plan, wie ich Martens auf legalem Weg dazu bewegen konnte, den Rest meines Honorars herauszurücken.

Als ich gerade mit meiner Gabel in den Eidotter gestochen hatte, um die Bratkartoffeln hineintunken zu können, betrat Tilo Martens die Gaststätte. Er fragte nicht, ob er sich zu mir setzen durfte.

»Wenn ich das gewusst hätte«, stieß er fassungslos hervor.

»Wenn Sie mich gefragt hätten«, sagte ich mit vollem Mund, »hätte ich es Ihnen gesagt. Und schon hätten Sie es gewusst.«

»Das meine ich nicht! Wenn ich gewusst hätte, dass Sie sich von meinem Vater bezahlen lassen, um ihn dann einen Mörder zu nennen!«

Ich wedelte mit der Gabel. »Erstens habe ich ihn ausdrücklich nicht so genannt. Und zweitens hat er mir bis jetzt nichts außer dem Vorschuss bezahlt. Wenn er mich als Ganzen kaufen will, muss er schon ein bisschen mehr hinlegen.«

»Was ich nicht verstehe, ist, warum halten Sie das, was mir passiert ist, von A bis Z für erfunden, während Sie meinem Vater Dinge unterstellen, die er sich nicht mal ausdenken würde?«

»Weil Sie etwas haben, was er nicht hat.«

»Und das wäre?«

»Phantasie«, erklärte ich feierlich.

»Ha, ha!« Er warf mir einen alarmierten und gekränkten Blick zu, als sei das eine seiner zahlreichen Krankheiten.

»Wollen Sie auch so was?« Ich deutete auf meinen Teller. »Ist gar nicht schlecht.«

»Nein, danke.« Tilo schluckte und sein Gesicht wurde fahl. »Bei mir ist ein Schnupfen im Anzug, glaube ich. Ich kann essen, was ich will, es schmeckt alles gleich.«

»Tja, dann ...«

Er förderte sein übliches Kontingent Papiertaschentücher zutage. In der Mitte des Zellstoffgebirges platzierte er ein weißes, spitz zulaufendes Plastikfläschchen mit Nasenspray wie ein zierliches Kirchlein vor der beeindruckenden Winterkulisse Oberammergaus. »Außerdem«, fügte er hinzu, »habe ich eine Allergie gegen bestimmte Bratenfette.«

»Was Sie nicht sagen.«

Er fühlte sich gleich wieder angegriffen. »Halten Sie das etwa auch für frei erfunden, oder was?«

»Das nicht unbedingt«, beruhigte ich ihn. »Aber Sie könnten anders damit klarkommen.«

»Womit?«

»Ihr Problem ist keine Frage der Taschentücher. Sie sollten sich trauen, Ihr eigenes Leben zu leben.«

»Wie kommen Sie darauf, dass ich mich das nicht traue? Ich werde eines Tages die Firma übernehmen.«

»Toll. Das wird Ihren Daddy ja so richtig beeindrucken. Was halten Sie vom Theaterspielen?«

»Eine brotlose Kunst«, sprach sein Vater aus ihm. »Außerdem spiele ich, wie Sie wissen.«

»Ich weiß. Sie sind der coole Detective, der sich von Sharon Stone rumkriegen lässt. Aber Sie sollten das nicht heimlich tun.«

»Hören Sie auf, mir Ratschläge zu erteilen.«

»Aber nur so können Sie Ihr Problem in den Griff bekommen. Die Toten in Ihrer Wohnung – das ist nichts als ein klares unbewusstes Signal Ihres Inneren, dass Sie

Theater spielen wollen und nicht den hoch bezahlten Rausschmeißer für das gehobene Management.«

Er lachte spöttisch. »Vielen Dank, Doktor Freud.«

»Meiner Meinung nach haben Sie längst Ihre Entscheidung getroffen. Nur sollten Sie ausschließlich auf einer Bühne spielen und nicht in Ihrer Wohnung. Sie schaffen es, ein zahlendes Publikum zu begeistern, wozu also Ihren Vater beeindrucken? Oder die Polizei und einen Privatschnüffler?«

Er sah mir dabei zu, wie ich die letzte Bratkartoffel mit der Gabel aufspießte und auf ihr wie auf einem Schlittschuh über den eigelbverschmierten Teller rutschte.

»Mein Vater sagt, Sie sind ein Klatschmaul.«

»Wenn er das sagt ...« Ich zuckte mit den Schultern. »Aber da er nicht mein Vater ist, macht mich das auch nicht krank.«

Tilo schnappte sich ein Taschentuch und zerstörte mit einem Griff die bayerische Berglandschaft.

»Übrigens«, sagte ich in sein Schnäuzen hinein, »hatte ich ein nettes Gespräch mit Rudi.«

»Rudi?« Er unterbrach seine rötliche, feuchte Nase bei der Arbeit und sah mich erwartungsvoll an. »Hat er dir irgendwas über mich erzählt? Ich meine, Ihnen.«

»Schon okay. Er hält einiges von dir. Du solltest deinem Vater seine Verschlankungsfirma vor die Füße werfen und bei Rudi einsteigen.«

»Was habe ich davon? Ein, zwei Jahre noch, länger wird sich *Die Weinstube* nicht halten.«

»Da ist Rudi aber anderer Ansicht.«

»Klar. Er hält Sex and Crime für die einzige Rettung des zeitgenössischen Theaters. Aber das hat selbst die Bahnhofskinos nicht gerettet.«

»Hat er eigentlich zufällig was mit deiner Schwester?«

»Mit Kim?« Tilo prustete. »Das hätte er wohl gerne. Sie hat doch ihren Heino.«

»Vielleicht reicht ihr der ja nicht.«

»Der reicht ihr nicht? Selbst der ist ihr zu viel. Wie sagt man so schön: In ihrem Leben ist kein Platz für Beziehungen. Obwohl das Wartezimmer überfüllt ist.«

»Apropos Wartezimmer. Wieso bist du eigentlich so gerne krank?«

»Hör auf.«

»Nein, es interessiert mich wirklich.«

Tilo starrte vor sich hin. »Ich lese gerade über einen Mann, der nur noch ein halbes Jahr zum Leben hat.«

Das war wohl nicht gerade das, was ihm gut tat. Aber hätte ich ein Geschenk für ihn gesucht, ich hätte mich wahrscheinlich für etwas Ähnliches entschieden.

»Hast du schon mal drüber nachgedacht, was du dann tun würdest?«

»Kommt ganz drauf an«, meinte ich. »Ein halbes Jahr, das ist unter Umständen eine lange Zeit.«

»Ich frage mich, wie viele Fälle es gibt, wo es dem Betreffenden gar nicht bekannt ist.«

»Was?«

»Dass es so ernst um ihn steht. Dass er das nicht weiß, kann viele Gründe haben. Beispielsweise ist der Arzt zu rücksichtsvoll und will ihm den Schock ersparen.«

»Oder es kommt ihm was dazwischen und er denkt erst zwei Tage vorher daran, ihm das zu sagen.«

»Das ist nicht lustig«, sagte Tilo vorwurfsvoll. »Schließlich gibt es auch Fälle, da irrt sich der Arzt. Er findet erst kurz vor Ablauf der Frist heraus, wie es wirklich um den Mann steht.«

Auf diesem Gebiet schien er sich informiert zu haben. Ich konnte nicht mithalten.

»Schlimm, das gebe ich zu«, sagte ich und lächelte mein optimistischstes Lächeln in sein düsteres Gesicht, das schon probehalber dem Tod ins Auge sah. »Da kannst du dich glücklich schätzen, dass du nicht zu denen gehörst.«

»Woher soll ich das denn wissen?«, entrüstete er sich. »Das ist ja genau der Punkt! Vielleicht bin ich einer von denen und niemand sagt es mir. Es ist diese Ungewissheit, die einen nicht schlafen lässt. Kannst du das verstehen?«

»Ehrlich gesagt, nein.«

»Dann versuche auch nicht, den Therapeuten zu spielen.«

Er hatte Recht. Seine Psyche war zu kompliziert für mich. Ich zerknüllte meine Serviette und warf sie auf meinen Teller, um zu verhindern, dass er sie mit einem seiner Taschentücher verwechselte. »Also dann«, sagte ich und stand auf. »Viel Spaß noch beim Schnupfen.«

»Glaubst du wirklich, dass mein Vater diesen Mann umgebracht hat?«

»Und du?«, fragte ich zurück.

»Völlig ausgeschlossen. Er könnte keiner Fliege was antun.«

»Aber könnte er jemanden anheuern, der das kann?«

»Genauso unmöglich. Das ist nicht sein Stil.«

»Tja, wenn du das sagst ...«

»Du meinst«, seine Stimme zitterte leicht, »wenn einer das sagt, der Gespenster sieht und der seinem Vater am Rockzipfel hängt, dann braucht man das nicht ernst zu nehmen.«

»Nein, natürlich nicht«, widersprach ich. Doch so ungefähr hatte er es getroffen.

»Man kann einem Mann vorwerfen, dass er erfolgreich ist. Dass er sich nicht anpasst und seine Ellbogen benutzt. Aber ...«

»Sich nicht anpassen und seine Ellbogen benutzen – wie soll das denn gehen? Das ist wie essen, ohne etwas zu sich zu nehmen.« Ich streifte meinen Mantel über und ging zum Tresen, um zu zahlen. Hinter mir nieste es.

»Moment!«, rief Tilo.

Ich drehte mich um.

Statt zu antworten, holte er Luft für einen weiteren Nieser. Er holte so tief Luft, dass in der Kneipe Ruhe eintrat, wie in einem Saloon, wenn der Schatten des Bösewichts durch die Tür fällt und die letzten Klaviertöne ängstlich verhallen.

»Ja, und?«, fragte ich.

Tilo explodierte. Der Nieser rollte wie eine Flutwelle durch den Raum und es gab niemanden, der nicht zusammenzuckte.

»Weißt du, was ich von deinen obercoolen Weisheiten des Lebens so halte?«, rief Martens in die Stille hinein. »Mein Vater ist für dich ein heimtückischer Mörder, klar, und ich bin für dich ein hirnkranker Spinner, auch klar!« Er stand auf und trat ganz nahe an mich heran. Seine triefende, dunkelrote Nase hielt er auf mich gerichtet. »Hör auf, mir von da oben herab kluge Tipps zu geben, von wegen mein wahres Leben leben und so!«

»Schon gut, vergiss es!«, bat ich ihn. Unwillkürlich hob ich die Hände, während ich vor ihm zurückwich. Dann wandte ich mich wieder an den Kellner.

»Zahlen«, sagte ich, in der Hoffnung, dass Tilo nicht zu denen gehörte, die von hinten auf einen niesten.

20

Das Schloss meiner Wohnungstür zu knacken war ein Kinderspiel. Deshalb musste man auch genau hinsehen, um zu bemerken, dass sich jemand Zutritt verschafft hatte, ohne einen Schlüssel zu benutzen. Aber längst bevor ich an der Tür stand, ahnte ich, dass ich inzwischen Besuch gehabt hatte.

Dass eine ganze Bundesliga-Generation sich nach einem schweißtreibenden Endspiel zum Trikottausch bei mir eingefunden hatte, war nur eine hypothetische Möglichkeit. Schrader war die realistische. Ich hatte nach meinem Besuch bei Martens damit gerechnet, dass der Mann fürs Grobe und Meister filigraner Worträtsel über kurz oder lang bei mir auftauchen würde. Allerdings nicht, dass er schon vor mir da sein würde.

Mein Versuch, mich völlig lautlos in die Wohnung zu schleichen, misslang schon beim zweiten Schritt. Ich trat auf etwas Weiches, Blättriges. Mein Fuß zuckte zurück.

Vor mir auf dem Boden lag ein Kranz von der Art, wie man ihn bei feierlichen Beerdigungen benutzt. Dieser hier war ein besonders üppiger. So was schleppten Politiker bei Staatsbesuchen mit, um es vor Mahnmalen niederzulegen. Anstatt des üblichen *In tiefer Trauer* stand auf der goldenen Scherpe in gotischen, verschnörkelten Lettern: *Jetzt bist du dran, Voß.*

Drüben in meinem Schlafzimmer brannte Licht, ebenso wie im Bad.

Mein Herz begann urplötzlich zu hämmern und die Gedanken liefen durcheinander wie Hühner in Panik. Das war Milanos Handschrift! Aber was hatten der oder seine Gorillas mit Schrader zu tun? Wenn der Übelriechende einer von den italienischen Totschlägern war, wieso hatte er das beim letzten Mal nicht erwähnt?

Jetzt bist du dran, Voß.

Die Nachricht wandte sich nicht an mich, sondern an Henk. Wie kam Schrader auf die Idee, dass Henk hier wohnte, wo er mich doch schon angetroffen hatte?

Ich machte einen vorsichtigen Schritt über den Totenkranz und nahm auf Zehenspitzen Kurs auf mein Schlafzimmer.

Der Geruch wurde stärker. Für einen Moment durchfuhr mich der Gedanke, dass ich dabei war, auf einen teuflischen Trick der Italiener hereinzufallen. Dass sie sich irgendwie eine Flasche künstliches Schrader-Aroma besorgt hatten, um mir seine Anwesenheit vorzugaukeln. Aber wozu der Aufwand?

Ich passierte die Toilette und bückte mich nach einem sorgfältig gefalteten Zettel. Ich hob ihn auf, entfaltete ihn und las einen einzigen Satz, der in der mühevollen Schönschrift eines Schreibungeübten gemalt war:

Scusi, wir haben das Licht brennen lassen. Aber dafür haben wir deinen Partner ausgeknipst.

Mein Blick fiel auf die Toilettentür. Sie sah anders aus als sonst. Außer dem Schlüsselloch hatte sie noch eine Menge anderer Löcher. Jemand musste in unmittelbarer Nähe schwere Artillerie in Stellung gebracht und gnadenlos das Feuer eröffnet haben.

Jetzt bist du dran, Voß.

Mir wurde heiß. »Ihr Scheißkerle!«, schrie ich und riss an der Tür. Sie kam mir entgegen, ich stolperte rückwärts an die Wand, und die Tür, als wollte sie mir den Anblick mit Gewalt ersparen, stürzte auf mich. Ich stieß sie beiseite und machte mich auf alles gefasst.

Jedenfalls hatte es nicht Henk erwischt. Ich atmete auf.

Mein Besuch war immer noch da. Und er würde aus eigener Kraft die Wohnung nicht mehr verlassen. Und schwitzen würde er auch nicht mehr.

Schrader würde mir nie mehr verraten, was er mit ›Zeuch‹ gemeint hatte. Er sah traurig aus, irgendwie überrascht. Wer hätte das gedacht, man geht aufs Klo und sieht die Welt da draußen nie wieder? – Dabei war er selbst schuld. Weder stand sein Hosenstall offen, noch hatte er die Hosen heruntergelassen. Er hatte auf dem geschlossenen Klodeckel gesessen und das einzige Bedürfnis, das ihn hergelockt hatte, war seine Absicht gewesen, mir einen besonderen Empfang zu bereiten.

Mit zitternden Knien checkte ich die Wohnung. Es gab keine weiteren Überraschungen. Noch bevor ich einen klaren Kopf bekam, begriff ich die Bedeutung der Nachricht auf dem Leichenkranz: Die Betonung lag nicht auf *dran*, sondern auf *du*. Erst Kittel, dann Voß.

Im selben Augenblick, als ich den Hörer abnehmen wollte, um Mattau anzurufen, schrillte das Telefon los. Ich zuckte zusammen und stieß das Ding dabei um ein Haar zu Boden. Also ließ ich es notgedrungen klingeln, bis sich meine Hand so weit beruhigt hatte, dass sie den Hörer halten konnte.

»Henk?«

»Hier ist Ina Martens. Kann ich Sie sprechen?«

»Im Moment passt es nicht so gut. Ich habe Besuch und es ist einer von der Sorte, der von selbst nicht geht. Es handelt sich um Schrader. Der Mann, der für Ihren Mann gewisse Dinge erledigt. Und gewisse Leute.«

»Mein Mann hat damit nichts zu tun.«

»Das ist mir klar.«

»Ich habe mir alles noch mal überlegt. Ich glaube, ich kann Ihnen doch noch etwas sagen.«

»Tun Sie sich keinen Zwang an.«

»Nicht am Telefon. Wir sollten uns treffen.«

»Ich glaube nicht, dass ich noch Fragen an Sie habe. Immerhin ist jetzt alles so, wie Ihr Mann es wollte. Das einzige Loch in seiner Konstruktion hat er soeben gestopft.«

»Mölling war ein Erpresser.«

»Und Ihr Mann hat was zu verbergen.«

»Da ist er nicht der Einzige.«

»Bestimmt nicht. Aber könnten Sie vielleicht deutlicher werden?«

»Morgen Vormittag habe ich Tennisunterricht und danach bin ich im Hallenbad. Das ist kurz vor dem Industriegebiet. Neben den Becken ist ein Bistro. Wenn Sie gegen eins da sind, können wir uns treffen.«

Ich musste Mattau ganz schön überreden, bis er sich herabließ, sich in Richtung Tatort in Bewegung zu setzen. Er behandelte mich, als wäre ich Tilo Martens.

Als er bei mir auf dem Flur stand, änderte er seine Meinung. »Endlich mal was Handfestes«, sagte er.

»Der Mann heißt Schrader.«

»Interessant, Kittel. Und warum haben Sie ihn umgebracht?«

»Ich habe ihn nicht umgebracht.«

»Wer sonst?«

»Hören Sie, Kommissar, ich kenne den Mann doch überhaupt nicht. Ich bin herein gekommen und ...«

»Gerade im Moment noch haben Sie mir erklärt, dass der Mann Schrader heißt«, unterbrach mich Mattau triumphierend. Aber kriminalistische Fangfragen à la *Bisher-hatte-ich-davon-aber-noch-gar-nichts-erwähnt* waren nicht seine Stärke.

»Genau. Weil er mir des Öfteren aufgelauert hat und mich auf seine Art davon überzeugen wollte, dass ich mich um meine eigenen Angelegenheiten kümmern soll.«

»Und weil er gerade hier war, ist er auf die Toilette gegangen.«

»Er hat nicht auf dem Klo gesessen. Er hat da auf mich gewartet.«

Ich reichte ihm den Zettel.

»*Dafür haben wir deinen Partner ausgeknipst*«, las Mattau skeptisch. »Woher stammt das? Aus einem Schüleraufsatz über den Ganovenjargon der fünfziger Jahre?«

»Die Mörder dachten, sie würden mich erledigen.«

»Die Mörder? Klingt, als wüssten Sie, von wem Sie sprechen.«

»Ich kenne sie zufällig.«

»Gute Arbeit, Kittel. Name, Adresse, Telefonnummer?«

»Ich weiß nicht, wer sie sind. Alles, was ich weiß, ist, dass sie hinter meinem Partner her sind wegen eines Falles, in dem er ermittelt. Nicht gerade umgängliche Zeitgenossen.«

»Immerhin haben sie den Typen umgelegt, der Ihnen an den Kragen wollte.«

»Übrigens ist der Mann die rechte Hand von Guido Martens.«

»Was Sie nicht sagen.«

»Er hat Mölling auf dem Gewissen.«

»So? Das glauben Sie doch selbst nicht, Kittel.«

Es klingelte. Mattau ging zur Tür und ließ die Kollegen von der Spurensicherung hereinstürmen. »Sie haben doch keine Ahnung.«

»Wovon?«, fragte ich.

»Ich glaube, hier können wir im Moment nicht viel tun.«

»Ich finde schon«, wandte ich ein. »Immerhin könnten wir die Sache aufklären.«

»Außerdem muss ich aufs Klo und das ist ja wohl zurzeit noch besetzt.« Mattau kratzte sich am Kopf. »Sie wissen nicht zufällig, Kittel, wo man hier in der Gegend um diese Zeit noch kann?«

»Eigentlich wollte ich demnächst schließen«, sagte Jiorgos.

»Polizei«, sagte Mattau. »Nur ein paar Fragen.«

Der einzige Gast außer uns war eine ältere, füllige Frau mit einer dunklen Brille, die an der Wand beim Fischerhafen saß und erfolglos versuchte, eine Zigarette zu drehen.

»Henk?«, fragte ich.

Sie warf mir einen krummen Blick zu. »Verpiss dich!«

»Entschuldigung. Ich habe Sie mit meinem Partner verwechselt.«

Die Alte rülpste. »Schönes Kompliment.«

Mattau winkte mich mit seinem Bierglas an den Nebentisch.

»Es ist alles nicht mehr so wie früher«, sagte er und Anteilnahme und Mitleid mit sich selbst machten seine Stimme schwer. »Die Arbeit ist nicht mehr dieselbe. Die Täter auch nicht. Und schon gar nicht die Bullen.«

»Wie war es denn damals?«

»Die Täter handelten früher aus materieller Not. Man konnte ihnen nicht wirklich böse sein, denn sie waren Leute wie du und ich. Verstehen Sie, was ich meine?«

»Nein.«

»Arme Schlucker, die ihren Chef ermordeten, weil sie vom kargen Gehalt nicht leben und nicht sterben konnten. Familienväter, die zum Töten gezwungen waren, weil sie nur so ihre Lieben ernähren konnten. So in der Art. Heutzutage macht man einen fertig, um den Kick zu spüren.«

»Was ist mit den Bullen?«

Er grinste spöttisch. »Die gibt's gar nicht mehr. Sind ausgerottet sozusagen. Heute wollen alle nur noch ›Cops‹ sein. Haben eine große Schnauze und pflegen ihren Dreitagebart. Coole Bürschchen, die so tun, als scherten sie sich einen Dreck um Bestimmungen, aber keine Teamsitzung auslassen.«

Der Kommissar nahm einen langen, traurigen Schluck, der weit über das hinausreichte, was in seinem Glas war. Deshalb hielt er es Jiorgos, der gerade vorbeikam, zum Nachfüllen hin.

»Wissen Sie was, Kittel? Es war nie so wie früher. Aber heute schon gar nicht.«

»Wie war das mit Ihnen und Martens?«

»Guido!« Mattau sah in seinem Glas nach und ganz unten auf dem Boden schien er zu finden, was er suchte. »Guido Martens. Der war ein richtiger Hardliner. ›Wir machen keine Gefangenen‹, hat er immer gesagt.«

»Keine Gefangenen?«, wunderte ich mich. »Haben Sie zusammen in der Résistance gekämpft?«

»Das nicht. Unser Schlachtfeld war die Hochschulpolitik. Guido war ein Zweihundertprozentiger. Bei den Podiumsdiskussionen haben die Leute gezittert, wenn er nach dem Mikrofon griff.«

Ich versuchte mir Mattau auf einer Podiumsdiskussion vorzustellen. Es gelang nur unvollständig. Der Kommissar saß in seinem abgewetzten Parka nasebohrend zwischen aufmüpfigen, langhaarigen Intellektuellen, die sich über seinen Kopf hinweg über die Avantgarde-Funktion linker Kader stritten.

»Er hat mit Thorsten Theuerzeit zusammengewohnt, als ich dazustieß. Zu dritt haben wir dann versucht, das bürgerliche Bewusstsein zu verändern. Na ja, Guido hatte wohl eher vor, es auszulöschen. Guido hasste schon damals alle, die sich anpassten. Als ich Bulle wurde, hat er mich allen Ernstes als Verräter verstoßen. ›Wenn du damit wirklich Ernst machst‹, hat er gesagt, ›dann weiß ich nicht, wofür wir die ganze Zeit gekämpft haben.‹ Tja, und dann habe ich ihn erst wieder getroffen, als ich in der *Nordrhein*-Geschichte ermittelt habe. Auf einmal waren wir drei wieder zusammen.«

»Einer als Bulle und einer als Verdächtiger.«

»Und einer als Toter.«

»Stimmt.«

»Guido ist gut. Ein richtiges Ass. Jemand wie er brauchte nicht lange bei *Nordrhein-Stahl* zu schnüffeln, um auf Thorstens Betrug zu stoßen. Jede Wette. Und dann hat er mit ihm ein ernstes Wort geredet.«

»Sie meinen, er hat ihm damit gedroht, alles auszuposaunen, wenn Theuerzeit es wagen sollte, noch einmal das Maul aufzureißen.«

Mattau zuckte mit den Schultern. »Dieser Mann lässt nicht locker. Das hat er nie getan. Er hat immer so lange geredet, bis die Frauen in Tränen ausbrachen und die Typen sich auf ihn stürzen wollten. Und selbst dann hat er oft nicht aufgehört. Er macht eben keine Gefangenen.«

»Und Sie meinen, so ähnlich ist das auch mit Theuerzeit gelaufen?«

»Wissen Sie, Kittel, eigentlich habe ich keine Ahnung. In dem Punkt muss ich Martens leider Recht geben.« Mattau beugte sich zu unserer Tischnachbarin herüber und schwatzte ihr eine Zigarette ab. »Er hat ihm klargemacht, dass er erledigt ist, wenn er weiter den Robin Hood spielen will. Für Thorsten, die empfindsame Seele, war das wohl zu viel.«

»Wie wollen Sie das beweisen?«

»Das kann man nicht beweisen.«

»Vielleicht ist es ja auch ganz anders gewesen.«

Mattau kippte seinen Ouzo und hielt das leere Glas zum Nachfüllen hoch, allerdings in Richtung Nebentisch.

Die Frau, die ich für Henk gehalten hatte, prostete zurück.

»Guido war damals mein Vorbild, ehrlich. Der ist vor keinem zurückgewichen. Faule Kompromisse waren mit dem nicht drin.«

»Auch heute noch«, bestätigte ich. »Pass dich niemals an! Das predigt er seinem missratenen Söhnchen bei jeder Gelegenheit.«

Der Kommissar gluckste. »Das ist doch so, als würde einer sagen, ich lass mich nicht einsperren, und nimmt einen Job als Aufseher an. Er ist einer der wenigen, die die anderen für sich tanzen lassen, aber er spielt das gleiche Spiel. – Wissen Sie was, Kittel? Ich glaub, ich muss schon wieder aufs Klo.«

Er richtete sich mühsam auf und winkte mir zu. »Guido war der Beste, das können Sie mir glauben. Wenn er es nicht schafft zu gewinnen, dann schafft es keiner. Sie nicht, Kittel, und auch ich nicht.«

Der Kommissar hatte Recht. Die alten Zeiten, sollte es sie jemals gegeben haben, waren vorbei. Jedenfalls die, wo ein Polizist im Dienst selbst einen winzigen Schluck Alkohol abgelehnt hatte, weil er im Dienst war.

»Heh!« Jemand rüttelte an meiner Schulter, dass es mich beinahe vom Stuhl riss. Die Frau vom Fischerhafen stand neben mir und grinste. »Dat is ja 'n richtig scharfer Typ, dein Kumpel. Kannste mir vielleicht die Nummer von dem jeben?«

»Die Dienstnummer, oder was?«

»Quatsch, nää! Die Telefonnummer, du Tünnes!«

21

Ina Martens konnte es sich leisten, einen Bikini zu tragen, der bis auf zwei dünne, wie mit Filzstift gezogene Linien im Profil praktisch gar nicht vorhanden war. Sie hatte immer noch die Figur dafür, aber die hatte ihr niemand zu ihrem dreißigsten geschenkt. Im Gegensatz zu ihrer Konkurrentin und Stieftochter, die ihren Body leichtfertig durch Leistungssport ruinierte, hatte Ina frühzeitig begriffen, dass Aussehen nicht nur eine Einstellung, sondern auch eine Tätigkeit war. Glücklicherweise konnte sie es sich leisten, Tag und Nacht für ihren Körper da zu sein und ihre Zeit ausschließlich auf dem Tennisplatz, in der Sauna und im Fitnesscenter zuzubringen. Und Privatdetektive, die sie sprechen wollte, in Restaurants einzuladen, in denen es weiße Kerzen gab auf Tischdecken ohne jeden Wachsflecken und keine Studenten, die ständig nur das Billigste bestellten, oder Eltern mit Kindern, die sich nicht benehmen konnten. Denn die konnten sich das nicht leisten.

»Sie haben den Falschen ermordet.«

Deshalb hatte sie darauf bestanden, die lärmende Öffentlichkeit des Schwimmbadbistros gegen die diskrete Intimität dieses Lokals einzutauschen.

»Ermordet?«, stellte ich richtig. »Ich habe niemanden ermordet.«

»Na schön. Es war Notwehr. Ich meine Klemens. Den Mann, den Sie gestern in Ihrer Wohnung ...«

»Er war schon mausetot, als ich kam. Dabei hätte ich ihn gerne noch das eine oder andere gefragt.« Ich lächelte. »Um ein paar Dinge zu klären, die Ihr Mann uns aufgetischt hat.«

Ina winkte ab. »Sie glauben, der schwarze Mann vor unserem Haus klagt meinen Mann dafür an, dass er einen Erpresser aus dem Weg geräumt hat.«

»Durchaus möglich.«

»Haben Sie sich nicht gefragt, ob davon jemand profitieren könnte? Ich meine, davon, dass dieser Demonstrant glaubt, dass Guido schuldig ist?«

»Und wer?«

»Derjenige natürlich, der es wirklich war.«

»Wer könnte das sein?«

Der Kellner platzierte eine weiße Kanne auf dem weiß gedeckten Tisch, dann folgte eine Untertasse mit einem hauchdünnen blauen Rand und dieser eine Tasse mit tiefschwarzem Kaffee darin. Ina bekam eine besondere Teemischung mit Kräutern und Essenzen, die ihrem Körper nützten.

»Heino beispielsweise hat auch das eine oder andere zu verbergen.«

Ich lachte. »Heino, der Dichterfürst? Er soll den Mann auf meinem Klo ausgeknipst haben?«

Mit ihrem Blick bat sie mich, leiser zu sprechen. Der Herr Ober hatte sichtlich Mühe, sich nicht um Sachen zu scheren, die ihn nichts angingen.

»Natürlich nicht. Schrader tat alles, was Heino von ihm verlangte.«

Im selben Moment fiel mir schlagartig das Bild ein, das ich in Melanie Storcks WG am schwarzen Brett entdeckt hatte. »Also doch«, sagte ich.

»Also doch, was?«

»Ich hatte mir schon so etwas gedacht. Aber dann sagte mir Hendrix ausdrücklich, dass Schrader der Laufbursche Ihres Mannes sei. Und da ...«

»Ich hatte angenommen, Sie sind Profi.« Inas Stimme kam von oben herab und hatte denselben Tonfall, mit dem sie eine zusätzliche Zitronenscheibe zum Tee verlangt hatte. »Ist es Ihnen noch nie vorgekommen, dass Sie den Mörder gefragt haben und der hat gelogen, nur damit Sie nicht rauskriegten, dass er's war?«

»Wenn Sie schon so genau über meinen Job Bescheid wissen, dann erzähle ich Ihnen wohl auch nichts Neues damit, dass man Gründe braucht, wenn man jemanden beschuldigt. Und ich frage mich, wieso ausgerechnet Sie wissen wollen, was ich nicht ...«

»Ganz einfach«, unterbrach sie mich. »Ich war seine Geliebte.«

»Ich dachte, Ihre Tochter Kim ist mit ihm zusammen.«

Urplötzlich hatte sich ihre Miene verdüstert. Zum Glück sah sie mir nicht ins Gesicht, sondern fixierte ihren tödlichen Blick auf einen Punkt unterhalb meines Halses.

»Ich war zuerst da«, verkündete sie eisig. »Ich habe ihn in den Tennisclub eingeführt, in den er sonst niemals hineingekommen wäre. Da hat er dann den Star gespielt, der die Frauen um den Finger wickelt.«

»Darunter auch Kim?«

»Ohne mich hätte er sie überhaupt nicht kennen gelernt. Und ohne sie hätte ich sein wahres Wesen nie kennen gelernt. Ein alternder Playboy, der ständig neue Miezen braucht, die ihm sagen, wie toll er ist, bis sie herauskriegen, was wirklich mit ihm los ist.«

»Und was?«, fragte ich neugierig.

»Nichts.«

Ich goss Milch in den Kaffee, um ihn trinkbar zu machen. Sie verschwand spurlos darin wie in einem schwarzen Loch. Ich rührte, aber sie blieb verschwunden.

»Kurz gesagt, Sie hassen ihn.«

»Er hat mich erniedrigt. Ich bin ihm nichts mehr schuldig.«

»Na schön, Sie haben mir erklärt, warum Sie ihn am liebsten umbringen würden. Aber eigentlich wollten Sie mir etwas über die Leichen erzählen, die er im Keller hat.«

Ina hob ihr Teeglas an die Lippen, aber sie trank nicht, roch nicht einmal an dem Getränk. Sie sah es lediglich an und stellte das Glas wieder zurück. »Vor ein paar Jahren noch war Heino ein Niemand. Irgendeiner von Tausenden durchschnittlichen Reportern, die den Traum von der goldenen Story träumen. Ein Niemand. Mölling sorgte für die Storys und Heino betätigte sich als erfolgloser Möchtegern-Schriftsteller. Eines Tages schwätzte er einem ehemaligen Strafgefangenen aus seiner Therapiegruppe dessen biographische Aufzeichnungen ab und schickte sie aus Jux an eine Hand voll Verlage. Angeblich nur, um zu beweisen, wie dämlich die sind. Alles wurde schön verpackt und mit einem Vertrag versehen, der neben dem eigentlichen Honorar auch teuere Reisen und einen schicken Sportwagen einforderte. Die Notizen wurden über Nacht zum Kultroman.«

»*Der Suff ist grün wie der Morgen rot*.«

»Genau der. Und der Verfasser und Therapiegruppen-Genosse von Heino war Klemens Schrader.«

»Also hätte Schrader einen Grund gehabt, Hendrix umzubringen, und nicht umgekehrt?«

Sie schüttelte entschieden den Kopf. »Klemens war froh, dass er den Leibwächter für Heino spielen durfte und von den Millionen, die der scheffelte, ein bisschen was abbekam.«

»Und Marius Mölling, sein alter Kumpel, war alles andere als froh, dass von allem nicht eine müde Mark für ihn abfiel.«

Ina lächelte zufrieden. »Endlich begreifen Sie.«

»Schön und gut, aber das ist nicht mehr als ein Motiv. Ich habe außerdem gehört, dass Marius Mölling ein aufrechter Mann war, den man nicht bestechen konnte. Wenn ich mal ins Gras beiße, organisiert keine Solidaritätsgruppe eine Mahnwache für mich.«

»Er war eigentlich meistens pleite. Und schließlich hat er begriffen, dass seine Skandalgeschichten mehr Geld bringen, wenn er sie den Betroffenen präsentierte als den Zeitungsredaktionen.«

»Wie steht eigentlich Ihr Mann zu dem großen Hendrix?«

Ina nahm ihre weißen Handschuhe, die noch schlanker aussahen als ihre Hände, und legte sie peinlich genau übereinander. »Er weiß nichts davon. Und ich warne Sie, wenn er auch nur ein Wort davon erfährt, dass ich und Heino ...«

»Keine Sorge. Ich möchte nicht, dass Sie auch noch sein wahres Wesen kennen lernen.«

»Im Grunde genommen führen wir eine intakte Ehe.« Sie verzog den Mund, ohne zu lächeln. »Wäre ich sonst hier, um die Dinge zurechtzurücken?«

Ina wollte mir etwas vormachen, aber das war mir egal. Sie tat so, als wollte sie ihren Mann entlasten, dabei ging es ihr nur darum, ihren Lover in die Pfanne zu hauen, den ihr die eigene Tochter ausgespannt hatte.

Sollte Mattau doch seine alte Rechnung begleichen. Falls man den Lover tatsächlich in die Pfanne hauen konnte, würde das weder Melanie Storck noch Mattau zufrieden stellen. Guido Martens hatte eine reine Weste und sein Sohn brauchte vielleicht eine, die man nicht alleine an- und ausziehen konnte. Die Dinge lösten sich nicht gerade so auf, wie ich mir das vorgestellt hatte.

Aber dafür bekam ich vielleicht doch noch mein Honorar.

Bis zum Abend wartete ich im *La Mancha* darauf, dass Henk sich meldete. Dann verzog ich mich nach Hause und begann, meine Wohnung in das zu verwandeln, was sie vor dem Überfall der Spurensicherung einmal gewesen war. Beim Aufräumen fiel mir ein Brief in die Hände:

Was ist los mit dir? Wieso meldest du dich nicht? Wenn du eine Tussi hast, könntest du wenigstens den Mut aufbringen, es mir zu sagen. Schließlich sind wir erwachsene Menschen, B. B.

22

Sonntagmorgen, noch vor acht, riss mich das Klingeln des Telefons aus dem Schlaf. Um diese Zeit konnte das nur Schlechtes bedeuten.

»Henk?«, murmelte ich schlaftrunken.

»Tut mir Leid«, sagte Mattaus Stimme. »Ich dachte, ich hätte Kittels Nummer gewählt.«

»Verdammt, hier ist Kittel. Was wollen Sie von mir?«

»Es geht um den Mord in einer Wohnung, die wir beide kennen. Ich dachte, ich sage Ihnen Bescheid. Sie sollten sich das nicht entgehen lassen.«

Ich brauchte trotzdem eine Weile, bis ich aus den Federn kam. Während ich frühstückte, hörte ich den Anrufbeantworter ab. Viermal hatte Tilo Martens versucht, mich zum Herkommen zu bewegen, weil er in seiner Wohnung eine scheußliche Entdeckung gemacht habe. Feierlich versprach er, sich diesmal nicht vom Tatort zu rühren, bis ich eingetroffen sei. Er ging sogar so weit, mir für mein Kommen das Honorar zu garantieren, was sein Vater mir verweigert hatte. Endlich hatte er es aufgegeben und die Kripo alarmiert.

Tilo Martens hatte also wieder einen neuen Toten erfunden. Wieso Mattau mir eine ausdrückliche Einladung übermittelte, war mir schleierhaft, aber offenbar zählte für ihn an einem eintönigen, grauen Sonntag wie diesem schon eine lahme Falschmeldung als Sensation. Für mich ergab sich vielleicht eine Gelegenheit, dem literarischen Repräsentanten der neuen Mitte ein paar Fragen zu stellen.

Heino Hendrix aber würde mir nicht mehr antworten.

Er lag im kalten Wasser der schwarzweißen Wanne, dem Herzstück jener Luxus-Badeanstalt, die Tilo und Kim ganz für sich allein hatten. Kopf und Schultern des zeitgenössischen Autors ragten schaumbewachsen aus dem Wasser. Friedlich und still, als handele es sich um ein grandioses Naturschauspiel, trieben Schauminseln auf der grünlichen Flüssigkeit wie Packeis im eiskalten Wasser der Beringstraße. Allerdings gab es weder Eisbären noch Pinguine, dafür aber ein überdimensional großes Gesicht, das etwa so fassungslos aussah wie das von Scott, dem britischen Polarforscher, als er nach seiner mörderischen Expedition am Nordpol die norwegische Flagge vorgefunden hatte.

»Drei Hände«, murmelte Dr. Otzenrath, der Mann von der Gerichtsmedizin, und kämpfte sich mühsam aus der Hocke auf die Beine. »Dat is eine zu viel. So viel kann ich jetzt schon sagen.«

»Ich brauche aber die Todesursache«, forderte Mattau, der bei dem schwarzen Waschbecken lehnte und die Krümel seines Butterbrotes hineinfallen ließ.

»Ich tippe auf Herzversagen«, sagte Otzenrath. »Aber Genaueres gibt es erst nach der Obduktion.«

Mattau hatte mich bemerkt und deutete mit seinem

Butterbrot auf die Badewanne. »Tja, da staunen Sie, Kittel. Endlich haben wir hier mal eine Leiche.«

Tilo hockte mit einem Glas Wasser in seinem Schlafzimmer auf dem Bett. Er sah bleich und erschöpft aus, aber er hielt den Kopf hoch erhoben. Endlich stand er nicht als Spinner da.

»Hallo, Kittel«, sagte er und prostete mir mit seinem Wasser zu, als sei das hier eine Party, zu der ich verspätet erschienen war.

»So etwas hatten wir bisher noch nicht.« Der Kommissar stieß sich von der Wand ab und kam zu mir herüber. Sein Butterbrot war mit einer stark knoblauchhaltigen Salami belegt. »Wir hatten ganze Tote, halbe und manchmal nur einzelne Teile. Scheußlich anzusehen. Aber hier ist eins zu viel.«

»Haben Sie schon eine Idee, was sich abgespielt haben könnte?«, erkundigte ich mich.

»Der Mann hat gebadet. Alles war so, wie es sein sollte. Und dann fiel plötzlich dieses Ding ins Wasser.« Mattau deutete auf etwas grau Schimmerndes, das auf der Fensterbank direkt über der Wanne lag. Eine menschliche Hand mit Handgelenk, in deren Handfläche sich Kabel wanden. Die Hand eines Elektrikers.

»Wenn Sie mich fragen, ist das eindeutig. Mehr als eindeutig sogar. Denn dass Hendrix Dreihänder war, können wir ja wohl ausschließen.« Er sprach mit vollem Mund. »Sehen Sie diese Apparatur? Die hat dafür gesorgt, dass sich die Hand bewegt. Wahrscheinlich funktioniert das mit Fernbedienung.«

»Aber warum sollte sich die Hand bewegen?«

»Ist doch klar, damit Hendrix sich erschreckte. Und das hat ja auch geklappt. Möglich, dass auch Stromschlag die Todesursache war, hervorgerufen durch diesen Mechanismus.«

Ich pfiff durch die Zähne. »Kalte Hand im blauen Wasser. Hendrix war ein Prophet. Ein Autor mit Sehergabe. Das hat es seit Nostradamus nicht mehr gegeben.«

»Eine normale Fernbedienung reicht nicht besonders weit. Also können wir davon ausgehen, dass der Mörder in der Nähe war.«

»Was ist mit seiner Angebeteten, Kim Martens?«

»Sie hat noch keine Ahnung. Heute bestreitet sie ein wichtiges Turnier in München und kommt morgen erst zurück. Das heißt, falls sie ins Endspiel kommt, erst übermorgen. Wenn sie vorher was läuten hört, kann sie den Sieg vergessen. Und das wollen wir doch nicht riskieren, oder?«

Der Schaum in der Badewanne fiel immer mehr in sich zusammen und erinnerte nicht länger an Packeis. Größer und größer wurde die grüne Wasserfläche, während sich die schrumpfenden Bläschenteppiche verzweifelt zu Inseln zusammenschlossen. Aber ihr Kampf gegen das kalte, grüne Wasser war aussichtslos.

»Die Frage ist«, sagte Mattau, »ob er Feinde hatte.«

»Er war unbequem, das konnte man überall lesen. Ich wusste nicht, dass er so unbequem war.«

»Außerdem ist zu fragen, ob jemand von seinem Tod profitiert.«

»Beispielsweise sein Verlag. Ein toter Autor vermarktet sich bekanntlich besser als ein lebender. Außerdem gibt es noch Biographie, Nachruf und jede Menge betroffener Aufsätze. Dann die Dokumentarfilme über seine Geburtsstadt und Interviews mit all den Leuten, die ihn als Kind gekannt haben ...«

»Ja, ja«, sagte der Kommissar, wenig aufgeheitert. »Aber so kommen wir nicht weiter. Freitag erst dieser Schrader und heute der, das ist der Punkt.« Mattau kraulte sein schwammiges Kinn. »Die Morde stehen möglicherweise in einem Zusammenhang. Irgendjemand ist sehr interessiert daran, dass die beiden etwas nicht mehr ausplaudern konnten.«

»Haben Sie etwas über Schrader herausgefunden?«

Mattau glotzte mich verständnislos an. »Seit vorgestern? Für wen halten Sie uns, Kittel? Für die GSG 9?«

»Nein«, sagte ich. »Die verbringen ihre Nächte im Mannschaftswagen, ständig bereit in Kampfmontur und mit der Automatikpistole im Anschlag, und machen keine Tour durch die Kneipen bis morgens um neun.«

Er zupfte an einem einzelnen Haar, das ihm am Kinn wuchs. »Also dieser Schrader war ein kleiner Gauner, der von der Hand in den Mund lebte. Keine Ahnung, in welcher Beziehung er zu Hendrix stand.«

»Sie kannten sich von früher. Aus einer Therapiegruppe.«

»Heino wurde erpresst«, sagte Tilo, der vom Bett aufgestanden und zu uns herübergekommen war. »Endlich wird mir klar, dass es die ganze Zeit nur um ihn ging. All diese Toten in der Wohnung, das waren nur Attrappen und sie waren auf ihn gemünzt. Der Erpresser wollte klarmachen, dass er es ernst meinte, aber Heino hat sich nicht drum geschert. Das hat er jetzt davon.«

»Aber es ergibt keinen Sinn«, winkte Mattau ab. »Kein Erpresser ermordet sein Opfer, das weiß doch jeder. Das ist ja so, als beiße er die Hand ab, die ihn füttert.«

Wir starrten auf das Ding auf der Fensterbank. Bis auf den Kommissar, der von seinem Brot abbiss.

»Entschuldigung«, sagte er kauend.

»Wie kommst du darauf, dass er erpresst wurde?«, fragte ich.

»Das ist jetzt schon eine Weile her. Ich habe ihn und Kim nicht belauscht. Aber die beiden haben Stunden in dieser Badewanne verbracht. Jedes Wort hallte laut und deutlich. Ich konnte nicht anders als zuhören. Heino hat gesagt, dass jemand immer zudringlicher würde und dass es allmählich zu viel des Guten sei. Einmal hat er telefoniert und jemandem gesagt, dass er sich sein Lügengeld woanders besorgen sollte. Jemanden, den er als ›blutige Hand des Kapitals‹ bezeichnete.«

»Die blutige Hand?« Mattau kratzte sich und auf den gefliesten Boden regnete eine Mischung aus Schuppen und Brotkrümel.

»Ich hatte das längst vergessen. Erst als ich dieses – Ding da in der Badewanne fand, da fiel es mir wieder ein ...«

Die emsige Schar der Spurensicherer hatte ihre Arbeit beendet. Ich fragte mich, wieso sie hier aufgeräumt hatten, während sie bei mir aus demselben Anlass ein Chaos angerichtet hatten, für dessen Beseitigung ich Monate brauchen würde. Einer der Beamten nahm vor Mattau Aufstellung.

»Also, das war's, Chef. Wir verdrücken uns dann mal.«

Der Kommissar beugte sich weit vor und warf einen skeptischen Blick in die Wanne. Den armen Hendrix hatte man schon abtransportiert.

»Das war's?«, hielt er seinen Untergebenen zurück, der schon auf dem Weg nach draußen war. »Ihr habt ja nicht mal das Wasser herausgelassen.«

Als ich zehn Minuten später bei einem riskanten Überholmanöver auf der Rheinuferstraße in den Rückspiegel sah, bemerkte ich eine dunkle Gestalt auf dem Rücksitz. Unwillkürlich stieg ich auf die Bremse und es war mein Glück, dass der Wagen hinter mir gute Bremsen hatte. Ich machte einen Schlenker und kam am Straßenrand zum Stehen.

»Verdammt noch mal, Henk!«, beschwerte ich mich. »Ich kenne die Typen, die du am Hals hast. Aber das ist noch lange kein Grund, sich wie ein international gejagter Doppelagent aufzuführen.«

Ein Feuerzeug klickte und Henk qualmte. »Du hast ja keine Ahnung. Ich dachte auch, ich riskier's einfach. Bin nach Hause gegangen. Und was ich da gefunden habe, das ...«

»Ich weiß«, unterbrach ich ihn. »Ich war auch da.«

»Diese Schweine! Wenn ich die zu fassen kriege.«

Ich setzte den Blinker und fädelte den Wagen wieder ein. Keiner von uns sagte etwas und ich konzentrierte mich auf den Straßenverkehr.

»Nicht mehrere«, erklärte ich schließlich. »Eins. Und es heißt Babsi.«

Eine Extraportion Qualm nebelte mich ein. Ich hustete.

»Ein schlechter Scherz«, sagte Henk.

»Kein Scherz. Sie war das. Sie hat deine stummen, glitschigen Freunde auf dem Gewissen.«

Eigentlich war mir klar, dass er das nicht so einfach verdauen würde. Er brauchte Zeit, aber die hatten wir nicht.

»Hör schon auf damit, Kittel«, befahl er. »Das ist billig. Ich könnte fast denken, dass du eifersüchtig bist, wenn wir beide nicht ...«

»Erwachsene Menschen wären. Stimmt. Das sagt sie auch immer.«

»Schon verstanden, Kittel. Halt an.«

»Was?«

»Da vorne. Lass mich raus.«

»Frag sie doch, wenn du mir nicht glaubst!«

»Das werde ich tun, verlass dich drauf.«

23

Ich dachte nicht daran anzuhalten. Aber Henk nutzte seine Chance, als ich am Neumarkt vor einer Ampel stoppte. Er sprang aus dem Wagen und knallte die Tür hinter sich zu, dass es mir das Trommelfell umstülpte. Ohne sich umzudrehen, stampfte er in Richtung S-Bahn-Haltestelle, stolperte in einer Schiene und trat wütend gegen einen Erdklumpen, der sich als Stein entpuppte. Ein paar Sekunden tanzte er, den rechten Fuß in der Hand, auf einem Bein, dann humpelte er vorsichtig weiter.

Plötzlich begann er zu rennen. Hinter ihm waren der Schöne und das Biest, Milanos perverse Leibwächter. Ich musste Henk zur Hilfe eilen. Dann wurde es Grün. Hinter mir hupte es ungeduldig. Es blieb mir nichts anderes übrig, als herumzukurven, bis ich einen Parkplatz gefunden hatte, und bis dahin brauchte Henk mich nicht mehr. Entweder war er tot oder hatte die Typen abgehängt.

Trotzdem meldete sich erneut mein schlechtes Gewissen. Und das ließ nicht locker, bis ich am späten Nachmittag die Pathologie der Universitätsklinik betrat.

Barbara Bonnecks Reich sah anders aus, als ich es mir vorgestellt hatte. Keine endlosen, weiß gekachelten Korridore im kalten Licht brummender Neonröhren, keine riesigen Schrankwände mit beschrifteten Schubladen, in denen tote Körper lagen, mit einem Papierstreifen um den dicken Zeh, auf dem Eingangsdatum und Todesursache vermerkt waren. Stattdessen gab es feingerahmte Grafiken an den Wänden der Gänge, die mit hellgrünem PVC gepflastert waren, Computerbildschirme flimmerten und es roch nach einer Mischung aus Pinselreiniger und Kaffee. Wer hier dem Tod begegnen wollte, musste vorher im Dienstplan nachsehen, ob er an dem Tag überhaupt eingeteilt war.

Babsi trug auch keinen Papierstreifen um den dicken Zeh. Sie hatte weiße Slipper an den Füßen, die in einer schwarzen Nylonstrumpfhose steckten, trug einen schwarzen Rock und über allem einen weißen Kittel, den sie nicht zugeknöpft hatte. Als sie mich bemerkte, zog sie eine Braue hoch und begab sich in ihr Arbeitszimmer an den Schreibtisch.

»Schön, dass du dich mal sehen lässt«, sagte sie zu dem Monitor.

Ich räusperte mich. »Also, ich, eh ...«

»Du brauchst dich nicht zu entschuldigen.«

Wie ein plötzlicher, kalter Windhauch ergriff mich für einen Augenblick die Vorstellung, dass wir beide schon über zehn Jahre verheiratet waren. Ich zögerte und überlegte, ob es nicht besser war, zu gehen. Vielleicht war Henk mit den Schlägertypen doch besser dran als mit ihr.

Dann entschied ich, Babsi wenigstens eine Chance zu geben. »Henk ist in Schwierigkeiten«, sagte ich. »Er braucht dich.«

Sie nahm den Blick nicht vom Bildschirm. »Ach ja?«

Ich sah nicht ein, warum immer nur mir das schlechte Gewissen im Nacken saß. »Du hast sie ihm eingebrockt«, sagte ich vorwurfsvoll.

»Hah!« Ihr Drehstuhl wirbelte herum. »Er selbst hat sie sich eingebrockt! Wer hat denn die Gangster-Tussi flachgelegt, er oder ich?«

»Also, ehrlich gesagt, ich weiß gar nicht genau, ob ...«

»Ach, komm schon, Kittel, natürlich hat er! Machen wir uns doch nichts vor! Wir beide sind doch ...«

»Ja, ja«, sagte ich.

»Er hat eine Tussi gevögelt«, stellte Babsi noch einmal klar. »Und ich soll ihm jetzt den Arsch retten, ja?«

Ich hasste Henk Voß dafür, dass ich in seinem Auftrag vor dieser Frau auf Knien herumrutschte, während er auf dem Neumarkt Räuber und Gendarm spielte. Mit einem einfachen Gefallen war das nicht mehr gutzumachen. Wenn alles überstanden war, würde ich ihn zur Kasse bitten ...

»Er will zu dir zurück«, erklärte ich ihr behutsam. »Noch mal neu anfangen.«

»Neu anfangen, dass ich nicht lache!« Sie schlug sich auf die Schenkel. Allmählich beruhigte sie sich wieder, dann schenkte sie mir einen verträumten Blick. »Und was ist mit uns?«

»Wir haben immer noch unsere Erinnerung«, sagte ich und versuchte, schwärmerisch und gleichzeitig endgültig auszusehen. »Wir haben diese Nacht und die kann uns niemand neh-«

»Blödsinn!«, schnarrte sie. »Die ist doch längst vorbei.« Der Drehstuhl startete in meine Richtung. Jeder Zentimeter, den sie sich näherte, machte ihren Blick milder und weicher. »Außerdem hast du dich verdrückt, als es erst anfing, spannend zu werden.«

»Aber das mit uns wäre doch nichts geworden, Babsi. Du und Henk ...«

Ihre Zungenspitze fuhr auf erregende Weise die Lippen entlang. »Was glaubst du, was er für ein Gesicht macht, wenn ich ihm das mit uns erzähle? Was hält er dann wohl von seinem besten Freund?«

Barbara Bonneck war eine Schlange, daran bestand nicht der geringste Zweifel. Sie hatte Reptilienaugen, kalt wie die Augen der armen Verstorbenen, die sie auf ihrem Tisch sezierte, und selbst die Toten zitterten vor ihr, weil sich ihre Annahme, alles hinter sich zu haben, als Irrtum erwies.

Ich zuckte mit den Schultern und machte kehrt.

»Also, was will er von mir?«, rief sie mir nach.

Ich blieb stehen und drehte mich um »Es würde ihm schon enorm helfen, wenn du mit ihm reden würdest. Und er braucht natürlich Geld zum Untertauchen.«

»Natürlich. Was ist denn mit seinem Partner?«

»Ich habe leider meinen Job verloren. Ansonsten gibt es noch einen Fall, für den ich kein Honorar kassiert habe. Bis dahin ...«

»Tja, da muss sich Herr Voß schon herbemühen.«

Ich schüttelte bedauernd den Kopf. »Das wird nicht gehen.«

»Schade für ihn. Ich komme hier nicht weg.«

»Aber wieso? Deine Leichen wird schon keiner klauen.«

»Du hast keine Ahnung. Erst vor sechs Wochen hat ein Medizinstudent im fünften Semester einen einzelnen Arm mitgehen lassen. Den hat er dann im Bus hängen lassen. Mit dem Scherz wollte er seinen Kumpels imponieren.«

Barbara Bonneck kam zu mir herüber und streichelte sanft über meinen Unterarm, während sie mich versonnen ansah, als überlege sie schon, wo sie ihn hinhängen würde. Mich fröstelte. Ich glaubte, irgendwo gelesen zu haben, dass man im Zweiten Weltkrieg Pathologen hinter die Front geschmuggelt hatte, damit sie mit ihren Scherzen die Moral des Gegners zerrütteten.

»Kommt so was öfter vor?«, fragte ich leise.

»Vor ein paar Tagen erst ist ein weiterer Unterarm verschwunden.« Sie grinste. »Eigenartig, wenn man bedenkt, dass es bis Karneval noch eine ganze Weile ist.«

Auch mein Büro hatten die Gorillas inzwischen umgeräumt. Da sie nicht so schlimm gewütet hatten wie bei Henk und meine Sachen im Gegensatz zu seinen nicht alle ihren festen Platz hatten, fiel die Verwüstung erst auf den zweiten Blick auf. Sie hatten den Schreibtisch stehen gelassen. Genau da, wo ich sonst meine Tasse Kaffee aufbewahrte, hatten sie eine Dose mit Fischfutter hingestellt. Eine große Dose aus der Zoohandlung, mit der Henks Fischlein mindestens zwei Monate ausgekommen wären. Ein Wiedergutmachungsversuch, der reichlich spät kam.

Dann las ich den beiliegenden Zettel: *Das bist du, Kittel.* Sehr originell.

»Was ist damit gemeint?«, erkundigte sich Melanie Storck. Wie neulich war sie unbemerkt hereingekommen und stand neben mir. »Wahrscheinlich: Das ist für dich.«

»Nein. Sie meinen, dass ich Fischfutter bin.«

»Eine Warnung also.«

»Nein, eine Verwechslung. Sie lieben Scherze.«

In der Dose war kein Fischfutter, nur ein weiterer Zettel. *Wenn wir Voß nicht haben bis Samstag, 12.00 – basta.*

»Was kann ich für dich tun?«, fragte ich Melanie.

»Ich bin nur gekommen, um dir im Namen der Aktionsgruppe Mölling meinen Dank auszusprechen für deine mutige Tat.«

»Was denn für eine Tat?«

»Du hast dich trotz deiner Bedenken dazu durchgerungen, den Schuldigen zur Rechenschaft zu ziehen, und das, ohne dich um kleinbürgerliche Konventionen und Moralvorstellungen zu scheren.«

»Sorry, aber ich bin kein Kommilitone. Würde es dir etwas ausmachen, mir das ins Deutsche zu übersetzen?«

Melanie grinste über beide Backen. »Du hast diesen Schrader kaltgemacht. Das war echt stark.«

»Ich?« Wieso nur dachte alle Welt, ich hätte diesen Mann ermordet? »Also, merk dir eins: Der Mann ist nur auf meinem Klo gewesen, nichts weiter. Zwar hat er vorher nicht um Erlaubnis gefragt, aber ich habe ihn deshalb noch lange nicht ermordet. Das waren die Kerle, die mir das Fischfutter da besorgt haben. Die haben Schalldämpfer aufgeschraubt und blind auf die Tür geballert, weil sie dachten, wenn bei mir einer auf dem Klo ist, dann bin ich das.«

Melanie sah immer noch zufrieden aus und ich fragte mich, was sie mit ihrem schweren, selbst gestrickten Pullover im Sommer anfangen würde. Dann verzog sich ihr Lächeln. Sie war sich nicht ganz sicher, ob sie verstanden hatte, was ich meinte.

»Trotzdem«, sagte sie.

»Also gut. Wenn das so ist, könntet ihr euch auch erkenntlich zeigen.«

»Und wie?«

»Schickt den guten Mannie Gerresheim in Urlaub. Von mir aus kann er weiter Schwarz tragen, aber er muss nicht bei Martens vor der Türe herumlungern.«

»Urlaub!« Sie machte ein Gesicht, als hätte ich ein Strafmaß verkündet.

»Was ist daran schlimm?«, fragte ich.

»Nichts«, sagte sie mit einem Ernst in der Stimme, der die weißen Strände des Mittelmeers für einen Augenblick grau und unansehnlich machte. »Das ist es ja.«

Ach so, dachte ich. *Don't be happy, worry.* Melanie tat nichts ohne Bedeutung. Wenn sie stand, stand sie gegen ein Unrecht auf. Wenn sie saß, dann handelte es sich um eine Sitzblockade. Ein lebendiges Beispiel dafür, dass man ein ganzes Leben vertrödeln konnte, indem man es einer gemeinsamen Sache widmete.

»Urlaub macht man von einem Job, der einen auffrisst«, belehrte sie mich. »Kann man auch Urlaub vom Engagement für andere machen?«

»Ich ziehe meinen Vorschlag zurück und formuliere ihn neu. Man sollte Mannie an die Adria schicken, damit er an einem der Strände dort an einer alltäglichen Sitzblockade teilnehmen kann, die im Badezeug stattfinden wird, um auf die leichtsinnige Verschwendung von Ressourcen durch die Textilproduktion aufmerksam zu machen, und die mit Hilfe einer selbst zugefügten Überdosis Sonnenöl gegen den sorglosen Umgang mit dem Ozonloch protestieren will. Durch beidseitige Hautbräunung der Demonstranten soll ein Bewusstsein für die drohende Klimakatastrophe geschaffen werden sowie auch abends unter der Dusche ein Vorgeschmack auf die Gefahr, in der der Regenwald sich durch die skrupellose weltweite ...«

»Genau das«, unterbrach sie mich, »machen wir ja schon. Wir haben vorgestern eine Gruppe gegründet, die sich diesem Problem annehmen wird.«

»Sehr schön«, gratulierte ich ihr. »Gerresheim ist weg und das ist die Hauptsache. Dann sieht mein Auftraggeber, dass ich gute Arbeit geleistet habe. Und so bekomme ich vielleicht das Geld, das mir zusteht.«

Melanie grinste altklug. »Du gehst also doch vor ihm in die Knie, was?«

»Soll ich ihn vielleicht erpressen wie dein Marius ohne Furcht und Tadel?«

»Was soll das heißen?« Plötzlich war sie auf der Hut. Sie lauerte wie eine Katze im selbst gestrickten Pulli, um sich auf mich zu stürzen.

»Das soll heißen, dass der Mann, den ihr mit eurer Marius-Mölling-Volksfront heilig sprechen wollt, ein mieser Erpresser war.«

Die Wut kochte in ihr hoch, aber von außen konnte ich das nicht sehen. Obwohl es in ihr brodelte, blieb Melanie ruhig und musterte mich von Sekunde zu Sekunde abschätziger. »Das hätte ich mir denken können«, sagte sie schließlich.

»Allerdings. Schließlich warst du mit ihm zusammen. Vielleicht hat dich dein Engagement für andere so sehr in Anspruch genommen, dass du einfach nicht mitbekommen hast, dass Marius die Geheimnisse, die er herausfand, benutzte, um Leute damit zu erpressen.«

»Ach ja?«

»Ach ja. Und genau das hat er auch bei Guido Martens versucht, nachdem er von seinem Kumpel Heino einen Tipp bekommen hatte, dass es bei ihm reichlich zu ernten gab.«

»Und wenn?« Die Katze im Pullower sprang mich an. »Martens hat ihn daraufhin einfach so umgebracht.«

»Eben nicht«, berichtigte ich Melanie. »Das war Heino.«

24

Überraschend hatte sich die Sonne durchgesetzt. Vielleicht hatte sich das ungemütliche, vorweihnachtliche Feuchtgrau für unbesiegbar und den Kampf zu früh für entschieden gehalten. So war es für die Sonne, wenn sie sich nicht allzu dumm anstellte, ein Leichtes gewesen, zum richtigen Zeitpunkt am richtigen Ort auf ihre Chance zu warten. Jetzt strahlte sie an einem wolkenfreien Himmel.

Endlich zeigte sich das hässliche Umland von einer sympathischeren Seite. Es erinnerte an eine Alpenregion, aus der man die Alpen entfernt hatte, außerdem die malerischen Dörfer, die braun gefleckten Kühe mit den Glocken um den Hals und die barocken Kirchlein. Jemand hatte all das entfernt und vergessen, sich nach einem Ersatz umzusehen.

Mir war eine Idee gekommen, wie ich Henk helfen konnte. Und deshalb fuhr ich schon am Morgen hinaus zur martensschen Villa, denn möglicherweise hatte die Idee mit diesem Fall zu tun.

Kim Martens öffnete mir. Sie war wortkarg, wie es sich im Zustand der Trauer geziemte, sah aber blendend aus. Sollte es sie selbst eines Tages erwischen, würde selbst der Tod wohl oder übel draußen vor der Badezimmertür warten müssen, bis sie sich adäquat zurechtgemacht hatte.

Sie führte mich ins Wohnzimmer, wo ich ihre Stiefmutter vorfand. Ina trug schwere, goldene Ohrringe, die an Türklopfer erinnerten, und ein blutrotes Kostüm. Mit dem düsteren Blick einer Rachegöttin starrte sie aus dem Fenster, ohne mich zur Kenntnis zu nehmen.

Im Gegensatz zu dem strahlenden Sonnenschein da draußen war die Luft hier so dick, dass man sie sich mit dem Löffel einverleiben konnte. Bisher hatte ich die alte Binsenweisheit, nach der Reichsein zwangsläufig mit Unglücklichsein verbunden war, immer für realitätsfernes Wunschdenken gehalten. Jetzt wurde ich Zeuge, wie es die Wirklichkeit bestätigte, und das gab mir eine Ahnung davon zurück, dass doch so etwas wie Gerechtigkeit existierte. Wenn einer schon reich war, warum, zum Teufel, musste er dann auch noch glücklich sein? Eine solche Erwartung entsprang der typischen Nimmersatthaltung der Wohlhabenden, die bei all ihrem Luxus wenigstens das Glücklichsein nicht anderen überlassen konnten, die es dringender brauchten.

Martens und sein Sohn betraten den Raum. Tilo schien seit Heino Hendrix' tragischem Ende gewachsen zu sein. Er hielt sich gerade und trug ein gebügeltes Hemd. Jetzt glich er nicht mehr dem aufgeschwemmten, weiß gefransten Elvis, sondern eher Jean Paul Belmondo auf seiner Abitur-Abschlussfeier, als sein Gesicht noch nicht durch das Dauergrinsen entstellt war.

Was Guido Martens anging, so hatte ich einen ungünstigen Augenblick gewählt, ihn aufzusuchen. Er sah ramponiert aus, hatte eine fingerbreite Schramme über der

Nase, ein geschwollenes Auge und einen blauen Fleck am Kinn.

Wahrscheinlich hatte er sich wieder einmal nicht angepasst. Dieser Mann war ein Zweihundertprozentiger und er trainierte eifrig, um bei der nächsten Nicht-Anpassungs-Meisterschaft die Dreihundertmarke zu überschreiten.

»Ich muss Ihnen sagen, Kittel«, verkündete Martens senior leise, »Sie haben Mut, sich hier noch mal herzutrauen.«

»Nicht Mut«, berichtigte ich ihn. »Es ist der Zwang, dem wir alle unterliegen. Schließlich lebe ich nicht davon, dass ich meine Arbeit umsonst mache.«

»Aber offenbar auch nicht davon«, entgegnete er kalt, »dass Sie sie gut machen.«

»Immerhin habe ich dafür gesorgt, dass Sie nicht mehr belästigt werden.«

»Sie sind es, Kittel, der mich belästigt. Sie haben mich eines Mordes bezichtigt.«

»Deshalb bin ich hier. Um Ihnen zu berichten, dass der Fall Mölling inzwischen rekonstruierbar ist.«

»Ich glaube nicht, dass ich an dieser Rekonstruktion interessiert bin. Verkaufen Sie die woanders.«

»Als ich neulich hier war, wusste ich noch nichts von der Rolle, die Hendrix gespielt hat.«

Ina warf mir einen kalten Blick zu, aber sie sagte kein Wort.

Martens lachte auf. »Armer Detektiv! Kaum ist einer verstorben, da können Sie der Versuchung nicht widerstehen, ihm eine Schuld anzuhängen! Bloß weil der sich nicht mehr wehren kann! Und da wundern Sie sich noch, dass Sie von Ihrer Arbeit nicht leben können?«

Ich hoffte auf Tilo. Er hatte jetzt die Chance, seinem Vater Paroli zu bieten. Alles hing für ihn davon ab, dass Hendrix' Tod nicht als banales Missgeschick abgetan wurde.

Aber Tilo schwieg. Er stand ganz in der Nähe Guidos

und ich hatte den Eindruck, dass er sich bemühte, sich in der gleichen Haltung wie sein Vater zu präsentieren.

»Glauben Sie etwa«, tastete ich mich heran, »dass sein Tod nur ein bedauerlicher Unfall war?«

»Was sonst?«, sagte Tilo.

Ich traute meinen Ohren nicht. »Aber hast du nicht gestern noch erklärt, dass es Mord war? Dass Hendrix erpresst wurde? Dass nur so die anderen Leichen in deiner Wohnung zu erklären sind?«

»Welche anderen Leichen?«, erkundigte sich Tilo sachlich.

»Jetzt lass doch den Unsinn! Man hat ein übles Spiel mit dir gespielt und ich kann dir erklären, wie und weshalb. Sonst wäre ich nicht hier!«

»Ich finde es arrogant und geschmacklos«, sagte Kim herablassend. »Sie als völlig Fremder, so genannter Privatdetektiv drängen sich in die Familie hinein und verbreiten haltlose Verdächtigungen.«

»Sie wissen wohl am allerbesten«, nahm ich die Herausforderung an, »dass diese Verdächtigungen alles andere als haltlos sind.«

»Das mit der Erpressung«, erklärte Tilo, »das war nur so eine Idee. Kein Erpresser tötet sein Opfer, das weiß doch jeder.«

»Herr Kittel offenbar nicht«, bemerkte Kim spitz.

Allmählich begriff ich. Mein Auftritt war so gut wie gelaufen. Alle hier hielten gegen mich zusammen und ich tappte in die Abseitsfalle. Also startete ich bei Tilo einen letzten Versuch.

»Es bleibt also dabei, du hast dir alles nur eingebildet, oder was? Willst du überhaupt nicht wissen, wer dich als Psychopath hinstellen wollte?«

Tilo wandte sich mir zu. Auf einmal konnte ich ihn mir gut als Nachfolger seines Vaters vorstellen. »Ich habe vor, in sechs Monaten mein Studium abzuschließen. Ich war sehr gestresst in der letzten Zeit.« Er lächelte mild. »Ab nächste Woche werde ich eine Therapie beginnen.«

»Ach, so ist das! Auf einmal sind die Psychodoktoren wieder im Spiel, was?«

»Es hat sich nichts daran geändert«, sagte Guido, »dass ich nichts von ihnen halte. Aber von Privatschnüfflern inzwischen noch weniger. Man macht so seine Erfahrungen.«

Mir platzte der Kragen. »Das kommt darauf an, was man von ihnen erwartet. Um sie für die Probleme reicher Zöglinge einzuspannen, die sich nur wichtig machen wollen, sind sie die Falschen. Wenn einer nicht ganz dicht ist, sollte man keine Zeit verschwenden und schleunigst nach dem Loch suchen, bevor die Luft gänzlich raus ist.«

»Es ist wohl besser, Sie gehen jetzt«, schaltete sich Ina ein. »Ich habe Ihnen bereits gesagt, dass wir eine intakte Familie sind. Ich werde nicht dulden, dass Sie sich wie ein Elefant im Porzellanladen aufführen.«

Ich bemerkte, dass mein Mund offen stand, und klappte ihn zu. Was, um alles in der Welt, hatte diese Leute dazu veranlasst, sich in ihrer Familie zu verschanzen und alle Ziehbrücken einzuholen? Sie verhielten sich wie weiße Siedler im Wilden Westen, die eine Wagenburg bildeten, um einem Indianerangriff zu trotzen. Wer war die Rothaut?

»Das sieht schlimm aus«, sagte ich und deutete auf Martens Gesicht. »Darf man erfahren, wer Sie in die Mangel genommen hat?«

Guido Martens, der millionenschwere Betriebsberater, führte seine Familie offenbar als eine Art Modellfirma, um potenziellen Kunden, die zu Besuch kamen, vorführen zu können, wie man seine Leute auf Trab halten konnte.

Es war ihm anzusehen, dass er sich nur noch mühsam beherrschte. »Raus«, sagte er heiser. »Und zwar plötzlich.«

Ich trollte mich, aber Martens reichte es offenbar noch nicht.

»Sie wissen genau, wer das war. Und Sie können jede verdammte Wette darauf abschließen, dass der Mann dafür zahlt.«

Auf dem Weg hinaus kam ich bei der roten Rachegöttin vorbei, die beschlossen hatte, sich schützend vor ihre intakte Familie zu stellen. »Tut mir Leid, das mit Ihrem Lover«, sagte ich.

Immer noch würdigte sie mich keines Blickes.

»Ich hoffe, Sie sind ihm nicht immer noch böse, nach allem, was dem Armen passiert ist. Schließlich werden wir nie erfahren, auf wen von Ihnen beiden er da im warmen Schaumbad gewartet hat, nicht wahr?«

Endlich reagierte Ina, aber jetzt war es an mir, sie links liegen zu lassen.

Als ich die Haustür erreicht hatte, blieb ich noch einmal stehen, um dem Wortwechsel zu lauschen, der ganz plötzlich eingesetzt hatte, als ich den Raum verlassen hatte.

»Würdest du mir bitte erklären, was er damit gemeint hat?«, brüllte Kim los. In der Wut überschlug sich ihre Stimme und klang wie die eines Teenagers.

»Jetzt tu doch nicht so, als ob du das nicht wüsstest!«, hielt Inas Stimme dagegen. »Spiel bloß nicht die Unschuldige! Soll ich dir mal was sagen: Das Gute dabei ist, dass der schäbige Schweinehund dir dein Bett jetzt nicht mehr anwärmen kann!«

»Hah! Das ist ja wohl ... Du hast es gerade nötig! Du bist doch nur – neidisch, weil er dich nicht mehr wollte, als er einmal gemerkt hatte, wie es wirklich sein konnte! Wie kann man nur so – billig sein!«

»Ich sag dir was, meine Liebe! Du kannst ...«

»Nein, ich sag dir jetzt mal was! Du siehst hässlich aus, wenn du eifersüchtig bist! Alt und hässlich!«

»Vielleicht erklärt mir einmal jemand, worum es hier geht!«, mischte sich Guido Martens aufgebracht ein.

Der Schlagabtausch dauerte nur wenige Sekunden. Eine Tür knallte und jemand rannte die Treppe hinauf.

»Mit ihr klären?«, kam Martens' Stimme immer lauter herüber. »Was soll das, verdammt noch mal, heißen? Davon kannst du ausgehen, dass ich das mit ihr klären werde!«

Ich war inzwischen draußen, da, wo sonst immer Manni Gerresheim seinen Posten gehabt hatte, und atmete die klare Herbstluft ein. Von hier aus konnte man fast jedes Wort verstehen, aber ich verlor bald die Lust daran zuzuhören. Ich hatte genug von dem Theater. Von mir aus konnte Tilo seine Bonzen-Karriere machen oder in der Klapse enden, das lief auf das Gleiche hinaus.

Allerdings sah es ganz danach aus, als ob jetzt auch bei den Martens Betriebsverschlankung angesagt wäre.

25

»Komm rein«, sagte Rudi. »Bin leider noch nicht dazu gekommen, aufzuräumen.«

Er hatte seinen freien Abend und war entsprechend gekleidet. Ein leuchtend blaues Seidentuch über einer weiten Tischdecke mit indischen Mustern darauf.

Diesmal hatte ich kaum eine halbe Stunde bis zur *Weinstube* gebraucht, vielleicht deshalb, weil ich auf die Hilfe ortskundiger Einheimischer verzichtet hatte. Kasolaskos Bude lag im trüben Halbdunkel unter Schwaden von chinesischen Düften. Aus irgendeiner Ecke tönte *Wish you were here* von Pink Floyd.

»Was macht dein gefährlicher Job, Schnüffler?«, fragte Rudi.

»Deswegen bin ich hier. Ich muss drei Morde aufklären, die keine waren.«

»Hört sich direkt interessant an.«

»Und einen vierten, der doch einer war.«

Der Mann mit der weißen Mähne griff unter seine Decke und förderte eine Packung Tabak hervor. Während er seine Zigarette drehte, ließ er sich auf eine fleckige Matratze fallen, die unter der Papierlampe lag. »Das war auch keiner«, brummte er zerknirscht. »Ein Unfall war das. Genauer gesagt, eine Panne. *Lamm Ämirstan* – das sollte mein Meisterwerk werden. Aber so geht das – irgendwelche Scheißdilettanten vermasseln alles.«

»Was?«

»Stanley Ellin, ist dir der ein Begriff?« Er blies mir den Rauch seiner Mentholzigarette entgegen und mich umnebelte ein Geruch, als wäre Kasolasko dabei, eine Packung Halstabletten abzufackeln. »Die *Spezialität des Hauses*? Irgendwann bringe ich den Stoff auf die Bühne, das ist alles schon fix und fertig hier drin.« Sein Zeigefinger trommelte gegen seine Stirn und erzeugte einen hohlen Klang. »Ein Restaurant, in dem es für besondere Gäste Besonderes gibt. Nichts weiter. Und wenn es auf den Tisch kommt, fehlt plötzlich einer der Gäste. Niemand sieht ihn jemals wieder. Ich wollte *Lamm Ämirstan* zubereiten und das so, dass allen die Spucke wegbleibt. Und dass Kim endlich begreift, was ich mit einem *Special Effect* alles zaubern kann.«

»Und was hat die Hand damit zu tun?«

»Die Hand – das ist *Lamm Ämirstan*. Das Schockierende an der Sache. Überleg doch mal: Wie willst du darstellen, dass das nicht einfach nur ein stinknormales Steak ist? Es ist ja keins, das ist der Witz. Deshalb habe ich die Hand besorgt.«

»Aus der Gerichtsmedizin.«

»Ich habe meine Leute. Weiß gar nicht mal, woher die die haben. Will es auch nicht wissen.«

Rudi Kasolasko war mir unheimlich. Ich war mir nicht sicher, ob man das, was er war, als durchgeknallt bezeichnen konnte. Und ich wollte es auch nicht wissen.

»Die Hand sollte von einem Teller baumeln, kannst du dir das so halbwegs vorstellen? Also, die Hand baumelt von dem Teller, tot und kalt. Und noch während sich Martens gegruselt hätte, hätte sich die Hand plötzlich bewegt. Absolute Spitze! Aber der Mechanismus hatte eine Macke. Es war ein blöder Wackelkontakt in der Fernbedienung. Also bin ich zum Baumarkt und habe mir Ersatzteile besorgt. Während ich weg war, muss dieser Hendrix aufgekreuzt sein. Und das, obwohl Kim versprochen hatte, dass ich sturmfreie Bude hätte.«

»Der hat sich wieder einmal in die Wanne gelegt.«

»Ja. Ich habe das Ding repariert und bin ahnungslos zurückgefahren. Dann bin ich dreimal um den Block gekurvt, aber es gab keine Parkplätze, nichts zu machen. Und dann habe ich, während ich an der Ampel stand, die Batterien hineingeschoben und die Fernbedienung betätigt.«

»Und die Hand auf der Fensterbank ballte sich zur Faust.«

»Genau. Dadurch muss sie abgerutscht sein.«

»Platsch! Mitten in die Wanne.«

»Scheiße! So kam es, dass das, was Stanley Ellin ein Denkmal errichten sollte, am Ende aussah wie ein lausiges Remake der Barschel-Affäre.«

Kasolasko mochte sich für den Michelangelo des *Special Effects* halten, aber in Wirklichkeit war er der Frankenstein der Volksbühne.

»Als ich dann endlich einen Parkplatz hatte, sah ich die Polizeiautos. Da hab ich mich lieber verkrümelt.«

»Alles war also nichts als ein Unfall, was? Und dass Kim Martens jetzt wieder frei zum Anbaggern ist, das ist nur so ein zufälliger Nebeneffekt.«

Rudi Kasolasko war ehrlich bestürzt. »Das ist doch nicht dein Ernst, Mann! Du denkst, ich hätte diesen Bücherwurm mit Absicht zum Absaufen gebracht?«

»So was Ähnliches geht mir gerade durch den Kopf.«

»Aber du kapierst nicht mal die Hälfte! Hendrix hatte da nichts zu suchen! Woher sollte ich denn wissen, dass er sich völlig unangemeldet in meine Inszenierung drängelt?«

»Warum solltest du diese Inszenierungen sonst kreiert haben?«

»Ich habe es für Kim getan. Sie hat mich drum gebeten.«

»Sag ich ja. Um bei ihr Punkte zu sammeln ...«

»Das auch. Geb ich ja zu. Aber Fakt ist auch, dass sie mir ein Angebot gemacht hat, dass ich nicht abschlagen konnte.«

»So wie es Fakt ist, dass dein Laden vor der Pleite steht. Und da ist man nicht wählerisch.«

Er wiegte den Kopf hin und her und schüttelte seine weiße Mähne wie ein Hund, der aus dem Wasser kam. »Du weißt ja nicht, wie das ist. Die Konkurrenz ist hart. Das Geld ist knapp. Und wenn dir da einer einen Scheck rüberreicht, mit dem du locker drei Jahre weiterkommst, dann überlegst du nicht lange.«

»Mir scheint, in diesem Fall ist ›nicht lange‹ eine schamlose Übertreibung.«

»Kim hat mir aus der Patsche geholfen. Und alles, was sie dafür wollte, war dreimal Pommes rot-weiß.«

»Was wollte sie?«

»Damit ist eigentlich die Standardausführung gemeint. Ein Toter, Blut, ein paar Einschusslöcher. Das Übliche. Aber ich habe mir gesagt: Wenn schon, dann werde ich nicht einfach nur Pommes rot-weiß hinlegen. Wenigstens beim letzten Mal sollte es die Luxusklasse sein. Ich bin ein Künstler und nicht das Pizza-Taxi.«

»Du meinst die *Spezialität des Hauses.*«

»Du hast es erfasst.«

»Und dass Tilo Martens dabei der Dumme im wortwörtlichen Sinne ist, hat dich nicht gekratzt.«

»Wir müssen alle Opfer bringen«, erklärte Rudi schulterzuckend. »Tilo gehört zum Ensemble, er ist einer der hoffnungsvollen Talente. Also hat er schließlich auch davon profitiert.«

»Hast du sie eigentlich nie gefragt, warum sie Pommes rot-weiß wollte?«

»Sie war nicht knickerig.« Rudi drückte seinen Stummel aus. »Also, raus mit der Sprache. Warum, zum Teufel, wollte sie, dass ich diesen Zirkus für sie inszeniere?«

»Sie wollte einen Mord vertuschen. Tilo kam unerwartet nach Hause, als Hendrix, der Mann aus der Wanne, gerade einen gewissen Mölling umgebracht hatte. Und weil jeder weiß, dass Tilo ein sensibler, unsicherer und überspannter Typ ist, hat sich Kim gesagt, dass man den echten Mord am besten in einer Serie gestellter Morde versteckt.«

»Gar keine schlechte Idee«, freute sich Rudi. »Ich hab immer gewusst, dass die Frau Klasse hat.«

»Aber anstatt bei ihr Eindruck zu schinden, hast du ihr den Lieblingsautor genommen.«

»Das war nicht meine Schuld!«, erregte sich der Regisseur. Eine ganze Weile schüttelte er den Kopf in grenzenlosem Unverständnis, dann griff er nach seinem Mentholtabak. »Ein Jammer ist das. Ich komme einfach nicht drüber weg. Ich werde Jahre brauchen ...«

»Vielleicht tröstet es dich, dass Hendrix nicht gerade ein Unschuldsengel war. Wenn man weiß, wie viel Dreck der am Stecken hatte, dann wundert man sich nicht mehr, weshalb er die meiste Zeit in der Wanne saß.«

»Ach, den meine ich doch nicht!«, winkte Rudi ab. »Es ist die versaute Aufführung! Wenn der Mann nicht gewesen wäre, dann wäre es mir gelungen, einen neuen Meilenstein zu setzen. Theatergeschichte zu schreiben. Einen historischen Schritt zur Versöhnung der Bühne mit dem Zelluloid.« In seinen Augen glänzten tatsächlich Tränen. »*Lamm Ämirstan* neben der Duschszene in *Psycho*.«

»Amen«, sagte ich.

Er sah mich schräg an. »Was jetzt? Verhaftest du mich, oder was?« Er hielt mir pathetisch beide Handgelenke hin. »Komm schon, Mann, ich bin dir nicht mal böse deswegen. Nachdem ich mein Meisterwerk vermasselt habe, ist alles egal.«

»Ich bin kein Bulle, nur ein Schnüffler. Ich verhafte niemanden. Man engagiert mich und manchmal gebe ich Bestellungen auf.«

Er kratzte sich mit der Zigarettenhand und es roch nach verbranntem Haar. »Was für Bestellungen?«

»Zum Beispiel einmal Pommes rot-weiß.«

26

Das klare, sonnige Herbstwetter, das als Kulisse für den martensschen Familienkrach gedient hatte, war nicht von Dauer. Am Donnerstag kehrte das Einheitsgrau zurück. Und mit ihm die schwarze Gestalt.

Diesmal stand sie mitten in der Stadt, im Innenhof des alten, schlecht gepflegten Hauses, in dem ich wohnte. Sie stand keine drei Meter von den Müllcontainern entfernt. Ich wollte nicht mit ihr tauschen.

Von dritten Stock aus sah der Schwarze kleiner aus als sonst. Er wirkte fast zierlich, verletzlich, gar nicht wie die düstere Anklage des Weltgewissens.

Ich lief die Treppen hinunter in den Hof. Der Mann *war* kleiner. Denn es war nicht Mannie Gerresheim.

»Tag, Kittel«, sagte Tilo.

»Was macht die Therapie?«, erkundigte ich mich kühl. »Kommst du voran?«

»Tut mir Leid, das neulich«, sagte er zerknirscht. »Aber ich dachte eben, ich müsste ...«

»Schon okay. Das ist dein Leben. – Also, ich muss los.«

»Kittel!« Er hielt mir einen Umschlag hin. »Das wollte ich dir bringen.«

»Was ist das?« Ich nahm ihn. Er war nicht verschlossen. Ein hübscher Stapel brauner Scheine mit vielen Ziffern darauf. »Was soll ich dafür tun?«

»Du hast schon etwas getan. Es ist dein Honorar.«

Ich grinste böse. »Ach, Quatsch! Von dir nehme ich doch kein Geld. Wovon willst du denn deinen Porsche bezahlen?«

»Also gut.« Tilo verzog das Gesicht, atmete durch und fasste sich wieder. »Du sollst etwas dafür tun. Ich will wissen, was mit diesen Toten in meiner Wohnung war.«

Ich zuckte die Schultern, so gleichgültig es nur ging. »Halluzinationen, verstehst du? Gar nicht leicht zu erklären, am besten, du fragst einfach mal deinen behandelnden Psychoklempner bei der nächsten Sitzung.«

Jetzt war Tilo beleidigt. Er streckte die Hand nach dem Umschlag aus. »Na gut. Her damit. War eine blöde Idee.«

Der Umschlag mit dem Geld war nicht besonders schwer. Trotzdem war es mir praktisch unmöglich, ihn wieder aus der Hand zu geben. »Anders ausgedrückt, sie haben dich zum Trottel gemacht. Und es ist ihnen gelungen.«

»Aber warum?«

»Weil du zufälllig reingeplatzt bist, als Heino gerade diesen Mölling fertig gemacht hatte. Der wollte bei ihm absahnen. Eine kleine Unterstützung, damit er Heinos unrühmliche Vergangenheit nicht ausplaudern musste.«

»Und dann?«

»Dann haben sie es mit den Morden übertrieben, bis du kein anderes Thema mehr kanntest. Bei der Kripo machte das Grinsen die Runde, wenn du nur angerufen hast. Die perfekte Tarnung.«

Tilo öffnete den Mund, verzog ihn zu einem verständnislosen Lächeln und schüttelte den Kopf. »Du meinst ...«

»Über weitere Details solltest du dich mit deiner Schwester unterhalten. Vielleicht kommt ja mal ein Tag, wo sie nicht auf dem Tennisplatz übernachtet.«

»Kim ist im Krankenhaus. Nach dem Streit mit unserem Vater hatte sie einen Nervenzusammenbruch.«

»Sie ist eben zart besaitet.«

»Es war nicht der Streit, sondern dass sie durch den Stress ein wichtiges Spiel verloren hat.«

»Klar, hätte ich mir denken können. Wer hat denn eigentlich gewonnen beim großen Showdown. Ich hab ja nur den Anfang mitgekriegt.«

»Ach, das ist alles wieder bereinigt. Ina hat Kim einen riesigen Blumenstrauß ins Krankenhaus geschickt. Und jetzt geht sie selbst jeden Tag hin. Zusammen mit ihrem Mann.«

»Tja, dann ist ja alles wieder in Butter«, brummte ich. Musterfamilien wie die Martens waren nicht kleinzukriegen. Obwohl es mir schwer fiel, musste ich zugeben, dass Guido Martens seinen Job verstand.

»Also, mach's gut. Büffle ordentlich für dein Examen, damit dein Daddy nicht enttäuscht ist und dich feuert.«

Tilo winkte mir zu. »Das war mal«, sagte er.

»Was?«

»Das mit dem Studium. Der Familie. Die denken ja doch nur, ich bin der Obertrottel.«

»Und jetzt?«

»Ich werde jetzt büffeln, aber für die Schauspielschule. Du hattest Recht, Kittel.«

Ich war verblüfft. »Womit?«

»Ich hab's endlich kapiert, dass man aus seinem Leben was machen sollte. Bis bald mal ...« Er wandte sich zum Gehen. Man musste sorgfältig einen Schritt vor den anderen setzen, denn der Hof war übersät mit Pfützen, von denen man nicht wusste, was sie enthielten. »Solltest du auch machen.«

»Heh, was ist mit dem Geld?«, rief ich ihm hinterher und wedelte mit dem Umschlag.

Tilo winkte noch einmal, aber drehte sich nicht mehr um.

Solltest du auch machen. Was bildete er sich ein! Eigentlich hatte ich gedacht, dass ich das längst getan hatte.

Da mir das keine Ruhe ließ, beschloss ich, im *La Mancha* ein wenig darüber nachzudenken. Um diese Zeit war es wie ausgestorben. Jiorgos hatte sogar den Bouzouki abgedreht. Wenn man sich an Zwiebel- und Knoblauchgeruch nicht störte, konnte man hier geradezu meditieren.

Sobald ich eingetreten war, zupfte mich jemand am Ärmel und eine beeindruckende Alkoholfahne flatterte mir um die Nase.

»Heh, du Tünnes!« Es war die alte Dame, die neulich nachts Jiorgos einziger Gast gewesen war. »So sieht man sich wieder. Jetz sach ens, der Typ, der letztens mit dir hier war, wo ist der?«

»Der Typ ist Kommissar.«

»Ach, nee. Wat du nich sachst.«

»Und um diese Zeit ist er im Dienst.«

»Quatsch.«

»Kein Quatsch.«

Mattau hockte an einem der seitlichen Tische, zusammengesunken in seiner zweiten Haut. Vor ihm auf dem Tisch standen drei Biergläser, von denen eins noch halb voll war.

Es war mir neu, dass er zu den Leuten gehörte, die das Lokal als Stätte der Kontemplation nutzten. Mattau sah gedankenverloren an die Wand, auf die der endlos weite, knallblaue Horizont der Ägäis aufgepinselt war.

Er brauchte nicht lange, um die Alte in aller Freundlichkeit abzuwimmeln. Dann trat ich an seinen Tisch.

»Kittel!«, freute er sich und zog einen Stuhl vom Tisch weg. »Setzen Sie sich. Trinken Sie eins mit mir.«

»Ich mag ja nichts davon verstehen«, sagte ich, »aber arbeiten Sie nicht normalerweise um diese Zeit?«

Mattau winkte ab. »Genau. Sie verstehen nichts davon. Seien Sie froh.«

»Keine Besprechung heute? Oder eine Fortbildung?«

Mattau nahm sein fast leeres Glas und hielt es gegen das Licht. Dann drehte er es langsam und betrachtete es ausgiebig.

»Mein Vater«, erklärte er dem Glas, »hat mir eingetrichtert: Bevor du einen Schritt in eine bestimmte Richtung machst, frage dich vorher, ob du ihn nicht hinterher bereuen musst. Daran habe ich mich immer gehalten. Auch diesmal habe ich mich das brav gefragt. Und die Antwort lautet: Ja, ich muss ihn bereuen. Oder sagen wir, ich müsste es.« Er rülpste. »Aber ich schaffe es nicht.«

»Herr Kommissar«, sagte ich höflich. »Mir ist völlig schleierhaft, wovon Sie reden.«

»Mein Bruder hat ein Gehöft irgendwo im Münsterland. Kühe, grüne Wiesen und morgens kräht der Hahn. Wissen Sie, wann ich so was zuletzt gesehen habe? Als Kind, da war das eine Seite im Bilderbuch.« Mattau seufzte der verlorenen Zeit hinterher. »Und da er jetzt nach Spanien zieht, überlässt er es mir für einen Spottpreis.«

»Das Bilderbuch?«

»Blödsinn! Den Bauernhof.«

Gemeinsam sahen wir eine Weile aufs Meer hinaus.

»Ehrlich gesagt«, unterbrach ich das Schweigen, »verstehe ich immer noch nicht, worauf Sie hinauswollen.«

»Ich hab Ihnen doch neulich von Thorsten erzählt und Guido. Nun, das ist eine alte Geschichte und bald wird sich keiner mehr daran erinnern. Für die meisten ist sie regelrecht uninteressant. Guido allerdings hat sich, wie ich finde, ein bisschen zu sehr beeilt damit.« Wieder entfuhr ihm ein Rülpser. »Sie zu vergessen, mein ich.«

Auf einmal sah ich Martens vor mir, sein blaues Auge und die Nase, die so sehr angeschwollen war, dass eine Pappnase dagegen schlank erschien. »Wollen Sie etwa damit andeuten, Sie waren derjenige, der ...«

»Wie gesagt, es hat keinen Sinn, mit ihm zu diskutieren. Außerdem war ja alles gesagt.«

»Und deshalb haben Sie ihm eins auf die Nase gegeben.«

»Direkt neben seiner Garage führt ein Feldweg ins Nichts. Wenn es dunkel ist, ein idealer Ort für Unterredungen dieser Art. Guido nimmt ihn für seinen Verdauungsspaziergang.« Mattau beendete seine Glas-Betrachtung. »Tja, blöderweise hat er mir die Maske vom Gesicht gerissen. Und das war's dann.«

»Und wie ging es dann weiter?«

Mattau erhob sich. »Mein Bruder behauptet, im Münsterland gibt es jede Menge Kühe und noch mehr Fahrräder. Und manchmal sieht man sogar eine Kuh auf dem Fahrrad.« Er winkte mir zu. »Deshalb habe ich zugeschlagen und den Hof gekauft. Weil ich mir den Anblick nicht entgehen lassen will.«

27

Erst musste ich warten, bis Henk wieder von sich hören ließ. Ich erzählte ihm von dem Fischfutter auf meinem Schreibtisch und warnte ihn dringend davor, sich in der Öffentlichkeit sehen zu lassen.

Anstatt zu erbleichen, bekam er einen Lachanfall, dass der Qualm aus ihm herauspuffte. Es wurde mir klar, dass er genug hatte. Er war es leid, sich zu verstecken.

»Bevor ich ein Leben in Frauenkleidern führe«, sagte er bitter, »krepiere ich lieber.«

»Das ist doch nur für die erste Zeit«, munterte ich ihn auf. »Drei, vier Jahre vielleicht. Meinetwegen auch zehn. Danach rasierst du dir eine Glatze und lässt dir einen Bart stehen.«

»Hast du eigentlich mit Babsi gesprochen?«

»Sie denkt Tag und Nacht an dich. Falls die Typen dich erwischen sollten und du auf dem Obduktionstisch landest, dann will sie die Erste sein, die ein Skalpell in die Hand nimmt.«

»Spar dir deine schlechten Witze. Babsi ist in Ordnung. Absolut richtig, dass sie auf Tauchstation geht. Ich will ihr Leben nicht auch noch an den seidenen Faden hängen.«

Eines Abends tauchte er im *La Mancha* auf, ohne jede Tarnung. »Heh, Leute, ich bin wieder da!«, brüllte er. Und auf der Straße, als ich ihn in Schlangenlinien nach Hause geleitete: »Ihr Scheißkerle, kommt doch und holt mich! Ihr schlappschwänzigen, sizilianischen Pappnasen, ihr habt doch nur so lange eine große Klappe, wie einer vor euch zittert! Aber damit ist jetzt Schluss!«

Ich machte mir Sorgen um Henk.

Das Ultimatum aus der Dose mit dem Fischfutter verstrich, ohne dass etwas passierte. Henk glaubte allen Ernstes, die Typen eingeschüchtert zu haben, aber ich riet ihm, Kontakt zu Ariana di Maggi aufzunehmen, der Frau, die Babsi als ›Tussi‹ bezeichnete.

»Dann kann ich mir auch gleich selbst Betonfüße verpassen und in den Rhein springen«, kommentierte mein Partner diese Idee. »Sie braucht mein Ableben am dringendsten, glaub mir. Erst wenn sie mich erwischt haben, ist ihre Unbescholtenheit wieder hergestellt. Und Milanos Mannesehre. *Capisce*?«

Meine heimliche Hoffnung, dass man Gras über die Sache wachsen lassen konnte, zerschlug sich. Am Samstagmorgen fand ich ein völlig durchweichtes Paket vor meiner Tür. Vom Format her machte ich mich auf ein Buch gefasst, aber es enthielt ein saftiges Seelachsfilet, laut Aufschrift praktisch grätenfrei mit einer feinwürzigen Brokkoliauflage aus der Tiefkühltruhe. Auf dem beiliegenden Zettel stand: *Die Zeit ist abgelaufen. Siehe Haltbarkeitsdatum.* In den aufgeweichten Deckelboden war das heutige Datum eingestanzt.

Die Botschaft war unmissverständlich. Sie hatten sich nur um eine Woche vertan.

Ich packte das eklige Ding in eine Plastiktüte und nahm es mit zum Büro. Da traf ich Henk, gemütlich rauchend, die Füße auf dem Schreibtisch. Der Drehstuhl ächzte unter seinem Gewicht

»Findest du das okay?«, fragte ich ihn.

»Du hast es nötig, Kittel, mich über Manieren belehren zu wollen.«

»Quatsch, das meine ich nicht. Dass du hier herumsitzt wie auf dem Präsentierteller. Du musst lebensmüde sein.«

Er gähnte ausgiebig. »Ein bisschen Schlaf könnte ich tatsächlich gebrauchen«, sagte er in einem Ton, dass es mir ganz anders ums Herz wurde.

Ich leerte die Tüte auf seinem Tisch aus. »Das lag im Briefkasten.«

Henk stach mit dem Zeigefinger vorsichtig nach dem Fisch, der inzwischen komplett aufgetaut war und auseinander fiel.

»Nee, du«, sagte er angewidert. »Das Zeug esse ich nicht. Das ist kein Fisch. Am Nordpol bauen sie damit Häuser.«

»Wenn du dich hier schon aufhältst, willst du dich nicht wenigstens tarnen?«

»Kittel, hör auf. Ich hab die Schnauze endgültig voll von Strapsen und künstlichem Busen.«

Inzwischen wusste ich, dass ich ihn nicht daran hindern konnte. Ich sah Henks erleichterten, verklärten Blick. Er freute sich darauf, dass es jetzt bald vorbei sein würde.

»Und wie lange willst du hier noch sitzen?«

Henk warf mir einen ernsten Blick zu. »Nett von dir, Kittel, dass du dich um mich sorgst. Aber es hat keinen Sinn, mein Leben lang davonzulaufen.«

»Du versuchst es ja nicht mal«, wandte ich ein.

Ich suchte Mattaus Privatadresse im Telefonbuch. Er wohnte einen Steinwurf vom Rhein entfernt, ganz in der Nähe der Bastei. Kein Wunder, dass er ständig in Tilos Wohnung vorbeigeschaut hatte.

»Können Sie ihn nicht wegen irgendwas verhaften?«, bat ich ihn. »Und wenn nicht, dann wenigstens wegen des Verdachts auf irgendwas? Dann hätte er sozusagen kostenlosen Polizeischutz.«

Mattau öffnete die Wohnungstür ganz und ich sah, dass er mit einem Bein in einer halb vollen Umzugskiste stand. »Tut mir Leid, Kittel«, sagte er. »Liebend gerne! Aber die Sache ist nun mal so, dass ich niemanden mehr verhafte. Dienstausweis, Dienstwaffe und Diensthandschellen habe ich schon abgegeben. Ich bin aus dem Spiel. *Persona non grata.*«

»So schnell?« Ich wunderte mich. »Gibt es denn nicht erst ein Amtsenthebungsverfahren?«

»Wenn ich der amerikanische Präsident wäre, ja.« Mattau grinste müde. »Aber bei mir gibt es nur ein Disziplinarverfahren. Und darauf scheiße ich.«

»Aber vielleicht können Sie mit jemandem reden.«

Der Exkommissar fegte einen Stapel Bücher von einem Regalbrett und ließ sie nacheinander in die Kiste purzeln. »Sie wissen ja, wie das ist, Kittel. Genauso wie im Kino: Bis morgen, fünf Uhr, haben Sie die Stadt zu verlassen ... Kann ich Ihnen ein Butterbrot anbieten?«

»Nein, danke«, sagte ich.

Es war drei Minuten vor zwölf, als die Schlägertypen vor dem Haus vorfuhren, in dem unser Büro war. Der Schöne, Wortgewandte mit dem Seidenhemd entstieg dem Wagen wie ein Filmstar, nahm sich einen Augenblick, um Luft zu schnappen und seinen Mantelkragen zu richten. Die Kampfmaschine dagegen war schon vorgestürmt wie ein Bluthund, der von der Leine gelassen wurde. Vom Beifahrersitz des Autos, das gegenüber geparkt war, konnte man deutlich sehen, dass seine in der Manteltasche vergrabene rechte Hand einen Revoler mit aufgeschraubtem Schalldämpfer hielt.

Ich sprang aus dem Wagen, hastete über die Straße und war mit drei Schritten im Haus. Die beiden hatten schon den zweiten Treppenabsatz erreicht, ich hörte das stilvolle Tippeln des Kleinen und das martialische Stampfen des Großen. Ich nahm fünf Stufen auf einmal, stolperte und rappelte mich auf. Gar nicht leicht, die beiden einzuholen. Milanos Killer waren schnell und professionell. Sie funktionierten wie ein Uhrwerk und verloren keine unnötige Zeit damit, auf Zehenspitzen zu schleichen oder mehr als einmal die Umgebung auf ungebetene Zeugen zu checken.

Als sie die Glastür mit der Aufschrift *Kittel & Voß, Private Ermittlungen* erreichten, fanden sie sie angelehnt vor.

Das ließ sie einen Moment zögern, nicht mehr. Nachdem sie einen kurzen Blick getauscht hatten, schob sich der Große durch den Türspalt. Das heißt, er wollte es, aber genau in diesem Moment stieß jemand von innen die Tür auf.

Der Mann, der es so eilig hatte hinauszukommen, dass er Milanos Kampfhund rüde beiseite schob, war von beeindruckender Statur. Er war ganz in Schwarz gekleidet und glich *Wild Bill Hickhock,* dem todbringenden Revolvermann mit der leisen und immer etwas heiseren Stimme. Vor allem glich er ihm deshalb, weil er seine Kanone nicht unter dem Mantel versteckte, sondern offen in der Hand hielt. Er stürmte aus dem Detektivbüro und rannte die Treppe hinunter. Hätte ich mich nicht an die Wand gedrückt, er hätte mich niedergetrampelt wie ein flüchtender Elefant.

Dumpfbacke wollte dem Schwarzen hinterher, aber Schönhemd hielt ihn zurück. Er deutete auf die Tür. Eine Sekunde später verschwanden sie in Kittels und Voß' Büro.

Endlich löste ich mich aus meiner Erstarrung und nahm die letzten Stufen. Als ich die Bürotür erreichte, kamen die beiden schon wieder zurück. Sie sahen verunsichert aus, irgendwie ratlos. Sie tuschelten und raunten sich gegenseitig auf Italienisch etwas zu.

Dann entdeckten sie mich.

Ich starrte sie an.

Schönhemd kam langsam näher. Ich presste mich an die Wand und hielt die Luft an.

Es dauerte eine Ewigkeit, bis sein sorgfältig manikürter Zeigefinger mich berührte.

»Das kriegt jeder, der versucht, Milano reinzulegen«, zischte er. »*Capisce?*«

Ich beeilte mich zu nicken, aber sie nahmen das nicht mehr zur Kenntnis. Ohne Zeit zu verlieren, wandten sie sich zur Treppe und verschwanden wie die Heinzelmännchen, größer zwar und böser, aber in Sekundenschnelle. Auftrag ausgeführt. Sie hatten hier nichts mehr verloren.

Ich stürzte in unser Büro. Aber ich kam zu spät. Der Schwarze hatte ganze Arbeit geleistet.

Henk Voß lag in einer Blutlache in der Nähe des Fensters. Hemd und Haar waren blutverschmiert. Mindestens zehn Kugeln hatten ihn durchbohrt. Die ersten hatten ihn wohl schon erwischt, als er an seinem Schreibtisch gesessen hatte. Dann war er gestürzt und hatte sich bis zum Fenster geschleppt, vielleicht hatte er um Hilfe schreien wollen. Mit letzter Kraft hatte er sich am Fenstergriff hochgezogen. Und in diesem Moment hatte der Killer gnadenlos den Rest seines Magazins auf ihn ausgeleert.

Nebenan, in meinem Zimmer, das zur Straße hinausging, riss ich das Fenster auf. Milanos Leute hatten sich bei der Telefonzelle eingefunden, die wenige Schritte die Straße hinauf lag. Der Kleine telefonierte, während der Große draußen wartete.

Ich holte so viel Luft, wie ich konnte. Dann beugte ich mich aus dem Fenster. »Ihr verdammten Schweine!«, schrie ich so laut und wütend, wie ich konnte. Dann noch mal. Die da unten taten, als hätten sie nichts gehört.

Ich schloss das Fenster und kehrte zurück in das Zimmer meines Partners.

Dort berührte ich den Leichnam mit der Fußspitze, worauf der Tote sich bewegte.

»Verdammt, wie lange dauert das noch!«, ächzte er. »Dieser Sirup ist widerlich.«

»Na schön, Henk«, sagte ich aufatmend und warf ihm den Tabak hin. »Dann komm wieder hoch. Sieht ganz so aus, als ob die die Show gekauft haben.«